ELLE VOULAIT JUSTE ÊTRE HEUREUSE

GÉRALDINE DALBAN-MOREYNAS

ELLE VOULAIT JUSTE ÊTRE HEUREUSE

roman

ALBIN MICHEL

À Milo, mon fils,
pour qu'il ait toujours le courage
de choisir sa vie.
À Valentin, mon frère,
parce qu'il a eu le courage,
un jour de septembre, de choisir la sienne.

PARIS

1

Il l'a quittée la semaine dernière. Plus exactement le mardi soir de la semaine dernière à vingt et une heures quinze. La nuit d'avant, ils ont fait l'amour trois fois. Lorsqu'ils se sont couchés, vers minuit, un peu avant que le réveil ne sonne, vers six heures trente, et au milieu de la nuit, mais comme elle n'a pas allumé la lumière, elle ne sait pas très bien quand exactement. Comme ça, elle dirait vers trois ou quatre heures du matin. En fait, ce n'est pas très important.

À chaque fois, elle l'a senti se coller contre elle, le sexe dur, presque déjà prêt à exploser. À chaque fois, elle l'a laissé se glisser en elle jusqu'à ce qu'elle le sente jouir. Elle aime s'endormir comme ça, comme s'ils ne faisaient qu'un. Elle aime son désir, cette envie qu'il a de la prendre dès que sa peau se colle contre elle, en pleine nuit entre deux rêves.

Dans les mois noirs et les nuits blanches qui suivirent, elle se demandera longtemps comment un homme peut faire l'amour trois fois dans la nuit à une femme qu'il va quitter le lendemain. Peut-être justement parce qu'il sait qu'il va la quitter. Lui jurera que non, la veille, il ne savait pas.

2

Elle a toujours rêvé d'habiter ici. Étudiante, elle a arpenté les escaliers de la Butte des dimanches entiers. Elle a toujours aimé cet endroit sans trop savoir pourquoi. Pourtant, elle n'est pas d'ici. Elle est venue à Paris une fois quand elle était petite avec son père. Elle en garde le souvenir diffus d'un vertige irrépressible au premier étage de la tour Eiffel. Elle disait qu'un jour elle aurait un enfant de la Butte. Sa fille est une enfant de la Butte.

À trente ans, elle a plaqué une situation confortable comme on dit et un mariage programmé pour une histoire d'amour avec un type marié. L'histoire était condamnée dès le premier baiser mais cela ne l'a pas empêchée d'y croire jusqu'au dernier soir. Un an plus tard, c'est sur la Butte qu'elle est montée panser ses plaies, dans un petit deux-pièces au fond d'une allée, villa Armand. Au numéro 4. Quarante mètres carrés pour réapprendre à vivre sans lui.

Quelques mois plus tard, elle a une nouvelle fois fait

ses cartons pour un appartement caché sous les toits d'un immeuble montmartrois, rue des Trois-Frères. Au 31. Un deux-pièces avec de faux airs de garçonnière un peu déjantée qui abrita quelques fêtes arrosées. L'appartement était à deux pas de la place des Abbesses, les visites s'enchaînaient depuis des mois sans que personne n'imagine acheter quand elle l'avait visité pour la première fois. L'agent immobilier s'était fait prier pour accepter de monter les quatre étages sans ascenseur alors que la canicule estivale annihilait toute volonté et laissait à peine de quoi respirer.

– Je vous préviens, je vous le fais visiter parce que vous insistez, mais c'est vraiment sous les toits. La hauteur sous plafond n'est pas réglementaire. Le jour où vous chercherez à le revendre, vous n'y arriverez pas. C'est ce qui bloque à chaque visite, et ne rêvez pas, il n'y a rien à récupérer sous les combles. Vous ne voulez pas que l'on prenne le temps de chercher un bien qui corresponde plus à vos critères ?

– Mais cet appartement correspond à mes critères.

– Dès qu'un homme de plus d'un mètre quatre-vingts passe la porte, il a peur de se prendre une poutre. Il y a deux mètres, à peine plus…

– Je m'en fous, je n'ai pas d'homme d'un mètre quatre-vingts dans ma vie.

Elle avait acheté.

Elle avait revendu à cause d'un mec d'un mètre

quatre-vingts qui avait l'impression, à chaque fois qu'il entrait, qu'il allait se prendre une poutre.

Un bébé et une séparation plus tard, elle était revenue sur la Butte, plus à l'est cette fois. Rue Paul-Albert, au pied des grands escaliers qui mènent au Sacré-Cœur. De là-haut, on domine la ville. C'est en montant et descendant sans relâche ces escaliers pavés que sa fille avait appris à marcher.

Elle a vendu. Parce que le mec du dessus, entre deux séjours en hôpital psychiatrique, essayait chaque nuit de tuer sa femme en lui courant après dans la cage d'escalier avec un couteau de boucher. Elle s'était dit que ce n'était pas très raisonnable de vivre seule avec sa fille en ayant un dingue au-dessus de sa tête, même s'il était au demeurant fort sympathique – quand il n'oubliait pas de prendre ses cachets. Elle avait vendu surtout parce qu'elle allait enfin construire cette famille recomposée dont elle avait tant rêvé.

– Ce n'est pas trop tôt pour que vous preniez un appart ensemble ?

– Pourquoi trop tôt ?

– Je te rappelle que cela fait trois mois à peine que tu l'as rencontré…

– On a quarante ans passés, tu penses qu'on a besoin de combien de temps pour savoir ce que l'on veut vraiment ?

– Tu as peut-être raison. Mais quand même, vous vous connaissez depuis si peu de temps.

– On a passé l'été ensemble et c'était tellement bien.

– Mais l'été, ce n'est pas pareil, tu n'as pas le stress du boulot, la gestion du quotidien.

– Je sais je sais, mais écoute, entre moi qui ai Milly presque tout le temps et lui qui a ses fils vingt-quatre heures sur vingt-quatre, si on veut se voir, la seule solution c'est de vivre ensemble, sinon on n'a aucune chance que cela marche. On ne peut pas prendre chaque soir chacun une baby-sitter et aller à l'hôtel.

Sophie acquiesce. Mécaniquement, sans y croire vraiment. Pourtant, tout le monde y croit. Ou tout le monde veut y croire parce que tout le monde veut croire dans les belles histoires. Peut-être plus par égoïsme que par altruisme, pour nourrir son propre espoir de vivre un jour une histoire d'amour comme celles auxquelles on rêve lorsque l'on est planqué dans le noir d'une salle de ciné. Parce qu'au fond, de quoi crèvent intérieurement ces femmes et ces hommes pleins de vie, turbulents et indépendants, qui s'agitent dans cette société où, avec la bonne appli, la plupart des envies peuvent être satisfaites ? Même l'envie de jouir. De quoi crèvent-ils en ayant l'impression de vivre sans même s'apercevoir qu'ils ne font que brasser du vent pour avoir le sentiment d'exister ? De ne pas être aimés. Et de ne pas aimer. Elle ne savait pas trop lequel mettre en premier.

De ses anciens dimanches de solitude, elle se souvient qu'elle trompait le blues en faisant défiler sur son écran les fiches de mecs en mal de cul ou en manque d'amour. C'était parfois compliqué de les distinguer. Ils n'étaient pas dehors puisqu'ils étaient là, derrière leur clavier. La faute à la pluie qui n'arrêtait pas de tomber. Les rues de Paris étaient désertes. Par la fenêtre, elle voyait les pavés des rues de Montmartre qui dégoulinaient, quelques parapluies de touristes égarés et bien décidés à monter jusqu'au Sacré-Cœur malgré le temps pourri, et rien d'autre. Il y avait bien quelques Parisiens entassés dans les cafés pour le traditionnel brunch du dimanche, mais ils ne parlaient pas à la table voisine. Ils étaient en couple ou entre amis, ils n'avaient pas besoin de parler. Non, ceux qui voulaient parler étaient là, elle le savait. En ouvrant son ordi, elle voyait sur le côté de son écran les visages qui défilaient, un voyant vert en bas, dans le coin, allumé, confirmait qu'ils étaient connectés. Ils étaient tous là, bien assis derrière leur écran au fond de leur canapé à attendre un signe.

Si ça avait marché pour elle, cela voulait dire que cela pouvait marcher pour eux. Tous ceux qui rêvaient de refaire leur vie à quarante ans passés malgré l'échec d'un premier mariage raté parce célébré trop tôt (c'est leur psy qui leur avait dit), dans un magnifique domaine loué pour l'occasion en Normandie ou au fin fond du Luberon. Les parents avaient sacrifié sans rechigner les quarante mille balles de leur PEL pour payer le traiteur, et les beaux-parents, qui ne pouvaient pas s'empêcher d'en rajouter, avaient raclé les fonds de tiroirs pour faire la surprise des lanternes qui s'envolent au moment de la pièce montée. Ils étaient assez fiers de leur coup, même s'ils avaient failli foutre le feu à cause du vent au champ du paysan d'à côté. On avait dansé jusqu'au matin en se promettant l'amour éternel et voilà. Dix ans et deux mômes plus tard, ils étaient là sur le trottoir devant la porte de la psy de couple qu'ils payaient grassement depuis six mois à raison de deux séances par semaine et qui venait de leur dire :

– Écoutez, je ne peux vraiment plus rien faire pour vous. Je crois que vous avez pris des chemins très différents, les rancœurs accumulées sont trop profondément ancrées, il y a un moment où il faut savoir accepter que le mieux est de se séparer et de continuer sa vie chacun de son côté. Il n'y a qu'un avocat maintenant qui puisse vous aider en vous accompagnant au mieux pour réussir votre divorce, pour vos enfants bien sûr mais aussi pour vous-mêmes car votre vie ne s'arrête pas là, vous savez ! On peut rater son mariage mais réussir son divorce ! avait-elle conclu avec un clin d'œil bien appuyé comme pour détendre l'atmosphère et leur dire : N'ayez crainte, cela va bien se passer.

Eux se foutaient de détendre l'atmosphère. Leur vie et leurs rêves s'arrêtaient là, sur ce trottoir, devant la porte du cabinet de la psy.

Leur mariage s'achèverait donc avec une lettre recommandée puisqu'ils n'avaient même pas besoin de passer devant un juge pour retrouver leur liberté. Ils l'avaient préparé pendant un an, ils l'annulaient en quinze jours et un chèque conséquent à leur avocat. Il suffisait de signer. Là, en bas. Comme si une lettre recommandée suffisait à effacer le souvenir d'une promesse d'amour éternel, comme ça, sans passer devant un juge qui pourrait apporter un peu de solennité à tout ça, parce qu'il faut désengorger les tribunaux, et que la symbolique ne pèse pas lourd face au déficit du budget du ministère de la Justice. Aujourd'hui, on divorce avec légèreté parce qu'il faut tout dédramatiser, parce que rien n'est vraiment important, à part le temps qui passe. Mais celui qui cherche s'aperçoit vite que derrière les visages figés de ceux que l'administration classe désormais dans la rubrique « divorcés » se cachent des âmes broyées. Il ne reste rien, à part un immense sentiment de vide et de gâchis qu'ils auront tant de mal à combler.

– Il faut que je fasse le deuil, tu comprends ?

– Mais tu attendais ce divorce depuis des années ! Tu as oublié le nombre de soirs où tu m'as appelée en me disant que tu n'en pouvais plus, que tu rêvais qu'il se barre, qu'il prenne enfin un appart ? Quand tu ne supportais plus de le sentir dans le lit, là, juste à côté de toi ? Quand tu ne dormais pas la nuit parce que t'avais trop peur qu'il t'effleure, qu'il te touche, quand tu te mettais au bord du lit, tout au bord, t'aurais presque pu te casser la gueule sur le parquet tellement t'étais au bord pour pas te rapprocher de l'endroit où il dormait lui ? Pour ne pas toucher sans faire exprès sa peau que tu avais pourtant caressée, léchée, touchée avec gourmandise pendant des années, de peur qu'il pense que c'était un appel du pied, celui de la dernière chance. Tu as oublié toutes ces fois où vous avez fait l'amour et où tu pleurais tellement tu n'en avais pas envie ? Lui, il fermait les yeux pour ne pas voir tes larmes couler et pour pouvoir y croire encore un peu, juste le temps de jouir encore une fois alors que toi tu pleurais toujours. Tu as oublié ces nuits où tu te retournais pour qu'il se glisse en toi dans ton dos, là, derrière, juste parce que tu trouvais cela moins dur d'attendre que ça passe, d'attendre que ça se fasse, en ne voyant pas son visage se crisper de plaisir juste avant l'orgasme alors que toi tu te disais que quand ça serait fini, plus jamais tu ne te forcerais ?

– Je n'ai rien oublié. Mais quand on s'est mariés, je pensais que c'était pour la vie. C'est con, hein ? Je sais que ce n'était pas un mec pour moi, je sais que l'on n'avait plus grand-chose à faire ensemble, je sais que je ne supportais plus qu'il me regarde et encore moins qu'il me baise. Mais sur les marches du Palais de Justice, je n'ai pas pu m'empêcher de pleurer dans ses bras tu vois. Ça voulait pas dire que je regrettais, je pleurais sur autre chose, je pleurais sur moi je crois.

Elle, elle n'a jamais été mariée. Mais à chaque rencontre, elle sent cette fêlure intérieure, les ravages laissés par un premier mariage raté, la violence de cette nouvelle vie coupée en deux, rythmée par ces gosses trimbalés une semaine sur deux d'une maison à l'autre, d'un monde à l'autre, d'une éducation à l'autre. La violence de l'absence, quand le père se retrouve seul le soir face à sa télé. Quand il n'y a plus les portes qui claquent, les cris des enfants, sa femme qui le gonfle parce qu'il a encore laissé son sac de tennis traîner dans l'entrée. Finalement, même l'entendre gueuler pour un sac de tennis dans l'entrée lui manque. Il trouve son nouvel appartement trop grand, trop silencieux, sans cette famille qui bouffait ses jours et ses nuits sans lui laisser une minute à lui. Mais maintenant qu'il en a, du temps, il ne sait plus très bien quoi en foutre. Il est là sur son canapé à chercher dans les contacts de son téléphone qui il pourrait bien inviter à dîner. Quand il les a éclusés, il commence à chercher dans ses amis Facebook. Il retrouve une copine de fac, une collègue perdue de vue qui lui propose un théâtre. Il relance quelques vieux potes déjà divorcés qui lui disent que la vie est formidable, il traîne au bureau, et puis un soir, il rentre d'un dîner arrangé chez une voisine de palier qu'il a écourté tellement il s'emmerdait et il se lance. Il ouvre une bouteille de vin, se cale sur son canapé et s'inscrit. Il faut juste trouver un pseudo pas trop con. Elle sait d'expérience que ce n'est pas forcément le plus simple. Jolicœur42 est déjà pris, c'est toujours ça.

Leur humeur est rythmée par les soubresauts de ces familles recomposées faites de nouveaux conjoints et de nouveaux bébés, de demi-sœurs et de demi-rêves enterrés parce que la deuxième ne sera jamais la première. Elle sera toujours celle qui arrive après, alors qu'avec celle d'avant, on a déjà tout fait, ou presque. La deuxième se demandera à chaque fois si, avec celle d'avant, il a déjà été dans cet hôtel-là. Dans ce restaurant-là. La deuxième ne retournera jamais à Amsterdam parce qu'elle sait que c'est là qu'il a demandé la première en mariage. Alors qu'elle adore Amsterdam. Elle sait qu'ils n'iront jamais à l'île Maurice parce qu'ils y ont passé leur voyage de noces. Elle sait qu'elle le consolera quand il apprendra que celle d'avant est enceinte, même s'il lui jure que non, vraiment, il s'en fout, cela ne lui fait rien du tout. Elle sait qu'elle sera toujours la deuxième et que si elle veut donner une chance à cette nouvelle histoire, elle n'a pas d'autre choix que de l'accepter.

Pour se rassurer, tous se disent que le deuxième mariage sera celui de tous les possibles, de la maturité, de la sérénité retrouvée. Ils ne feront plus les mêmes erreurs, ils ne gueuleront plus pour des chaussettes abandonnées dans un coin de la chambre, pour un petit déjeuner pas débarrassé, finalement ce n'est pas si grave tout cela, cela pèse quoi face à la solitude et à l'échec, face aux regrets et aux dimanches à combler pour ne pas se demander ce qu'elle peut bien faire, elle, celle qu'il appelait encore « ma femme » il n'y a pas si longtemps mais qui n'est plus à lui dorénavant. Qu'est-ce qu'elle fait d'ailleurs ce matin avec leurs mômes, dans leur ancien appartement où il n'est pas, où il n'est plus parce que ce n'est plus chez lui ? Alors ils la cherchent cette deuxième histoire. Ils veulent être couple. Remariés. Comme un statut sur Facebook qui dit que finalement ils n'ont pas tout foiré. Cette quête infinie les pousse à guetter un regard sur un quai de métro, à chercher un signe sur une photo retouchée ou derrière un pseudo sur n'importe lequel de ces sites qui vendent du rêve et un avenir contre soixante-neuf balles par mois. La solitude, maladie du siècle d'un monde qui a érigé la liberté en dogme au point de balayer d'un revers de main les anciens repères d'une société qui pensait que sans l'autre on n'est rien, ou la moitié seulement d'un tout. Aujourd'hui on est libre. Et aujourd'hui, souvent, on est libre et seul.

Elle, elle n'est plus seule.

Nous sommes le 1er septembre 2015.

3

– Je préfère les talons mais si tu viens en ballerines je crois que je t'aimerai aussi.

Cela fait une dizaine de jours qu'ils s'écrivent. Au début, ils s'écrivent pour ne rien se dire. Juste pour essayer d'y voir un peu clair, pour éviter de tomber dans le piège du rancard qui finira en queue de poisson dix minutes plus tard. Ils s'accrochent au moindre indice qui leur confirmerait qu'ils ne sont pas en train de se planter d'histoire.

– Attends, il ne fait pas de fautes d'orthographe, il ne faut pas le laisser filer, cela devient une denrée rare.

La renaissance de la drague épistolaire a au moins le mérite de rendre au Bescherelle ses lettres de noblesse. Combien d'histoires avortées sur un participe passé mal accordé ?

Son amie Sophie fait partie des dernières irréductibles à refuser de se laisser tenter par la facilité de la rencontre par clavier interposé. Le résultat immédiat est que cela fait des mois qu'elle n'a pas mis un mec dans son lit, mais ce statut particulier lui offre une certaine légitimité pour ironiser à volonté sur celles qui, dès le réveil, se jettent sur les messages des insomniaques esseulés en écoutant vaguement les news du jour sur France Inter.

– Il m'a dit qu'il partait souvent le week-end acheter ses jeans à New York.

– Encore un mec qui s'invente une vie.

– C'est peut-être vrai…

– Tu l'as googlisé ?

– Évidemment, il est cordonnier à Neuilly.

– Il y a quand même peu de cordonniers qui font les boutiques le samedi à Manhattan juste pour acheter un jean mais bon, c'est tellement énorme que tu te dis qu'il ne peut pas inventer un truc pareil. C'est un vrai projet de vie d'acheter ses jeans le samedi à New York avec un mec cordonnier à Neuilly.

– Tu te fous de moi ?

– Pas du tout.

Ils cherchent si leurs repères sont les mêmes. Si les références sont les mêmes. On se sent, on se renifle, comme si le rituel animal était un passage obligé pour assurer une sortie du virtuel réussie.

– Il écoute FIP.

– Et il regarde Arte bien sûr ?

– Je ne sais pas.

– C'est con, si tous les mecs qui disent écouter FIP et regarder Arte sur les sites de rencontres le faisaient vraiment, ce serait les deux premiers médias de France…

– Pas faux.

– Et j'imagine qu'il a *Belle du Seigneur* et le dernier bouquin d'Edgar Morin comme livres de chevet ?

Elle ne l'a encore jamais vu. En fait, au départ, elle n'a pas très envie de le rencontrer. Il lui écrit qu'elle est la seule femme sur laquelle son regard se soit arrêté au milieu des milliers de visages qu'il fait défiler toute la journée sur son BlackBerry, histoire de ne pas avoir à attendre jusqu'au soir pour savoir s'il a matché avec une potentielle femme de sa vie. Regarder au feu rouge. Dans la queue du supermarché. Dans l'ascenseur. En réunion avec un client important en faisant mine de vérifier une donnée fondamentale. À chaque instant. Ils sont des drogués en manque d'amour ultraconnectés.

Il lui répète qu'elle est la seule. Il a sans doute écrit la même chose à deux cents nanas. Mais cela ne coûte pas grand-chose de le croire.

Elle, sur sa fiche, elle a écrit : « Elle ne sait pas trop ce qu'elle cherche. Elle sait la vie qu'elle aime : l'énergie de New York, la brume à l'aube par la fenêtre, quand l'autre dort encore épuisé par le plaisir de la nuit passée, des traces de pas dans le sable, un livre, le bruit des escarpins la nuit sur un trottoir parisien. Elle sait ce qu'elle n'aime pas : les plages bondées de la mer Méditerranée, les mecs tatoués qui parlent fort et qui sortent leur carte Infinite comme on fait un concours de bites. »

Quand elle regarde autour d'elle, elle trouve que les couples s'emmerdent. Se fuient. Se voient sans se regarder. Se frôlent sans se toucher, sans plus se toucher, en faisant mine d'avoir oublié les nuits du début passées à se caresser. Certains sont résignés. D'autres vont chercher leur dose de frissons et d'émotions ailleurs, dans des rendez-vous volés. Elle n'est pas encore résignée. Elle a envie de sentir son corps s'ouvrir, le vertige l'envahir, sa tête tourner, ce truc qui fait que tu te fous de tout et qu'il n'y a plus que l'autre qui compte, sa bouche, son sexe, sa peau. Elle ne veut pas d'une vulgaire histoire de cul parce que si c'était ça elle descendrait s'accouder un soir au comptoir du bar d'en bas. Elle n'a jamais trop compris non plus le concept de sex friend. Du coup elle ne baise pas. Ou plus.

Il lui envoie un premier message d'une banalité à pleurer. Elle jette rapidement un coup d'œil à sa fiche. Il est blond et ingénieur. Elle n'aime ni les blonds ni les ingénieurs. Elle lui dit gentiment qu'elle lui souhaite le meilleur. Ailleurs. Il recommence. Elle reçoit quelques mots, y répond du bout des lèvres, par politesse, sans doute aussi pour laisser à ce monde virtuel un brin d'humanité, ou parce qu'on ne sait jamais, il faut toujours laisser une porte ouverte au destin pour qu'il puisse écrire sa propre histoire. Un mois plus tard, un message la fait sourire. Une histoire de chaussures et de talons. C'est la fin de son abonnement. Elle ne le renouvellera pas. Elle se dit pourquoi pas.

Nous sommes le 1er juin 2015.

4

– Un verre ?
– Ok.
– Un dîner ?
– Un verre.
– Un verre et après un dîner ?
– Un verre ; et après on verra pour un dîner.
– Ce soir ?
– J'ai déjà un dîner.
– Un verre après ton dîner ?
– Ok.
– Je t'attends au bar du Bristol.
– Je suis en ballerines.
– Je m'en fous. Je te rêve en talons mais je crois que je t'aimerai aussi en ballerines.

Elle arrive en talons. Il est accoudé au bar du Bristol. Il n'en est pas à son premier verre. Elle ne se méfie pas. Plus tard, bien plus tard, elle comprendra qu'il boit trop vite. Plus tard, elle verra la fêlure. Mais ce soir-là, elle ne voit que lui. Elle arrive au bar du Bristol, il la regarde, lui sourit. Elle sait que c'est foutu. Elle est à lui.

– On sort fumer une clope ?

– Si tu veux.

– On va fumer une clope au bout du monde ?

– Si tu veux.

– On part demain matin au bout du monde ?

– Si tu veux. Quand tu veux. Comme tu veux.

– Qu'est-ce qu'une fille comme toi fout sur un site de rencontres ?

– Épargne-moi les banalités. La même chose que tout le monde.

– C'est moi.

– Qui sait.

Il la regarde avec un air très doux. Il est assis sur une chaise en fer forgé dans la cour du Bristol. Les façades du palace sont illuminées.

Ça doit être au moins son cinquième ou sixième verre. Il fume.

– Je ne vais plus te lâcher.

– Même si je ne porte que des ballerines ?

– Même pieds nus.

Elle se répète sans cesse dans sa tête de se calmer, que ces rencontres sont toujours faussées. Le virtuel est un accélérateur de particules qui ressemble à une bombe nucléaire, et qui s'écrase au sol. Il accélère tout : les rencontres, les sentiments, les ruptures. Les histoires se consomment à vitesse accélérée. On s'aime avant de se voir. On fait l'amour avant de se toucher. Facebook découvre nos vies avant qu'on les raconte. Et on se quitte quand on se voit enfin. Le rêve vient se fracasser sur la réalité. On n'échappe pas à son destin et Meetic n'y change rien.

Ce soir-là, elle sait tout ça. Elle se méfie. Non, en fait, elle ne se méfie pas. Elle est transportée, elle tourbillonne, papillonne comme si elle marchait sur l'eau, comme si elle n'avait plus peur de rien. Elle sait qu'il ne faut pas s'emballer et elle plonge tête baissée parce que personne ne veut, ne peut, n'arrive à cesser d'y croire. Dans cette quête de l'autre, elle a vu mille fois le trop-plein de solitude lui sauter au visage, tous ceux qui tentent de cacher leur besoin viscéral d'être deux, de fuir les dimanches soir seuls, les matins seuls, les vacances seuls, les douze coups de minuit seuls sous le gui quand vous ne savez pas vers qui vous tourner parce que les couples s'embrassent toujours en premier. Ce besoin-là, chevillé au corps, il transpire dans chaque regard, dans chaque parole. Cette envie désespérée de trouver l'autre. Cette urgence fait exploser toutes les notions de construction normale d'une histoire. Tous les repères. Fait exploser l'espace-temps. Ils deviennent accros en un apéro. Tombent amoureux en un café. Veulent s'épouser à la fin du premier dîner.

– Je suis veuf.

Silence.

– Je venais de la quitter.

Silence.

– Elle était en dépression depuis des années. Je venais de la quitter. Elle s'est tuée.

Elle le regarde.

– Elle s'est pendue dans la cage d'escalier de notre immeuble. On habitait au quatrième étage. Je l'ai trouvée les pieds dans le vide, dans la cage d'escalier de notre immeuble. Elle était là, entre le troisième et le quatrième étage, comme si elle m'attendait. Elle s'est pendue avec un foulard que je lui avais offert pour son dernier anniversaire. On devait se voir pour parler. Quand je l'ai trouvée, elle était morte. Elle avait la bouche ouverte. Les yeux ouverts qui fixaient je ne sais pas quoi devant elle. Les yeux dans le vide. J'ai cru qu'elle était encore en vie mais en fait elle était déjà partie. Il n'y avait déjà plus rien. C'était fini, elle était morte. Tu comprends ce que je te dis ? Elle est morte. Il m'a fallu des mois pour arriver à prononcer ces mots tu vois. Elle est morte. Plus rien. Le néant. Fini.

Il lui crache ça comme on vomit son passé pour mieux s'en débarrasser. En deux phrases, il croit évacuer vingt-cinq ans de vie. Il parle vite. Ne la regarde pas. Il avale une gorgée de vin. Le verre entier. Le verre suivant. Il parle toujours vite. Il raconte, encore et encore. Les mots s'enchaînent. Se déchaînent. Il bute parfois, comme s'il cherchait à expliquer l'inexplicable : comment une femme de quarante ans maman de deux petits garçons peut en arriver là. Il raconte les enfants qui hurlent. L'enterrement. Le cercueil qui descend dans la terre. Les soirs passés à boire. Les nuits blanches à chercher le pourquoi d'un truc qui n'en a pas. Son manteau pendu dans l'entrée que personne ne veut décrocher comme si ça voulait dire que tant qu'il est toujours là elle peut encore rentrer. L'envie de se jeter par la fenêtre pour ne pas être celui qui reste. La culpabilité qui te bouffe. Qui te ronge. Qui t'étouffe. Qui te lacère de l'intérieur parce que t'as pas su éviter à tes enfants de ne plus avoir de mère. Tes mômes qui te demandent où elle est. Tes mômes qui pleurent, ou pire, qui ne pleurent pas parce qu'ils ne veulent pas faire couler tes larmes à toi. Sa voix enregistrée sur son répondeur écoutée en boucle des soirées entières, le soir où t'appelles enfin SFR pour résilier la ligne et ne plus écouter sa voix des soirées entières. Les enfants qui demandent si maman est partie parce qu'elle ne les aimait pas. Et toi, leur répétant, des soirées entières, que si, bien sûr, elle les aimait mais maman était malade parce que si on n'est pas malade on ne laisse pas deux petits garçons comme ça au bord du chemin, le frigo vide. Le numéro du pédiatre qu'il n'a jamais enregistré parce que avant ce n'était pas lui qui s'occupait des rendez-vous chez le pédiatre. Le vide. Les nuits blanches et blanches encore et encore passées à se refaire le film pour savoir comment on aurait pu éviter ça alors qu'il n'y a plus rien à faire parce que c'est trop tard. Elle est morte. Le néant. Plus rien. Fini.

Elle s'est pendue dans la cage d'escalier de leur immeuble juste avant que les enfants ne rentrent de l'école.

Leur lit vide, son placard plein.

Il parle, boit, parle, boit, vomit sa vie comme on voudrait refiler le mistigri à son voisin. Il ne voit pas qu'elle est médusée par cette violence d'une mère qui se pend dans la cage d'escalier de son immeuble alors qu'elle sait que quelques heures plus tard ses deux petits garçons vont rentrer de l'école et qu'elle ne sera pas là. Plus jamais là. Ni pour leur préparer le goûter ni pour les aimer.

Il n'y aura plus que lui. Juste lui, qui l'a quittée et qui va être obligé de revenir parce qu'elle a choisi de partir dans cette cage d'escalier. C'est le seul moyen qu'elle a trouvé pour le faire revenir. Il est revenu comme il était parti, avec ses deux valises, dans cet appartement qu'il avait quitté, parce qu'elle était partie. C'est le psy qui lui a dit. Il faut rester là monsieur, pour les enfants. Monter chaque jour cette cage d'escalier.

Un an plus tard, il est accoudé au bar du Bristol avec cette culpabilité qui le ronge. Qui le bouffe. Qui l'empêche de fermer les yeux sans la voir là, dans le vide. Cette culpabilité qu'il essaie de noyer en s'allongeant sur un divan tous les vendredis matin à huit heures et quart au premier étage d'un immeuble cossu d'une petite rue de Saint-Germain-des-Prés. Ou avec une bouteille de bourgogne.

N'importe qui aurait vu la faille. Le risque. La fragilité.

Pas elle.

Il a tout dit. Il ferme les yeux une minute. Comme pour lui laisser une chance de s'enfuir. Si elle est toujours là quand il les rouvre, ça voudra dire qu'ils peuvent raisonnablement envisager de passer les quarante années qui viennent ensemble.

– Tu as peur ?

– Non.

Il est un peu plus d'une heure du matin quand ils montent dans un taxi qui sent le vomi. Ils ont fait la fermeture du bar. Elle donne son adresse au chauffeur, ils sont chacun à une extrémité de la banquette arrière. Ils se bouffent des yeux. Il glisse sa main sous sa jupe. Le chauffeur les surveille dans le rétro.

30, rue Paul-Albert.

Il tend un billet de vingt euros.

Ils poussent la porte de l'immeuble. Il la plaque contre le mur, des morceaux de plâtre tombent par terre. Ils montent les étages. Se bouffent en même temps. Arrivent sur le palier du troisième. Son sac se renverse. Elle cherche ses clés. Elle pousse son sac du pied à l'intérieur. Il la pousse presque violemment. Claque la porte. Elle l'attire vers la chambre.

Trois heures plus tard, il la laisse à moitié endormie

dans des draps froissés. Ses fils sont seuls à la maison, il doit rentrer. Il n'a pas réussi à lui faire l'amour. Elle met ça sur le compte de l'alcool. Elle entend la porte de l'appartement claquer, son pas qui descend l'escalier. Elle attrape son portable et elle envoie à Sophie :

« Je crois que j'ai rencontré l'homme de ma vie. »

Nous sommes le 6 juin 2015.

5

Tout va très vite. Le lendemain soir, il l'invite à passer chez lui. Elle rencontre ses fils. Officiellement, elle n'est qu'une amie qui vient dîner. Personne n'est dupe. Quelques jours plus tard, il rencontre sa fille. C'est la première fois qu'elle voit sa maman avec un homme mais elle a toujours pensé qu'elle avait, elle aussi, envie d'une famille. Ou peut-être a-t-elle toujours cherché chez son enfant de huit ans son envie à elle. Peu importe, la seule chose qui compte, c'est que chacun porte le rêve de cette nouvelle vie.

– Papa, on va habiter avec elles ?

– Qu'est-ce que tu en penses ?

– Je pense que ça serait pas mal d'avoir des femmes à la maison.

Elle raccourcit ses vacances en Grèce pour le rejoindre quelque part en Italie, dans les Pouilles. Il a loué une grande maison avec des amis. Ils passent le mois d'août dans sa famille à lui, en Bretagne et au Pays basque. Elle met de côté son goût pour les territoires lointains et passe pour la première fois des vacances en France. Elle apprivoise ses fils, réapprend la vie à deux, les nuits sans sommeil, l'aéroport dans les rires, l'homme qui porte les valises, le manque de solitude aussi parfois. À aucun moment ils ne se sont assis en se demandant comment ils allaient faire à la rentrée. C'est comme si tout était écrit. Comme une évidence. Il rêve de quitter cet appartement où rien n'a bougé depuis sa mort. Quitter cette chambre où l'assaillent chaque nuit ses fantômes. Quitter cet immeuble qui lui rappelle chaque jour que c'est ici qu'elle a choisi de lui faire payer. Elle n'aime pas aller là-bas. Dormir dans ce lit. Se laver dans cette douche. Se regarder dans ce miroir. Ouvrir ces placards où il y a encore ses manteaux à elle sur les cintres.

Ils lancent quelques pistes pendant l'été, regardent vaguement les annonces sur Leboncoin entre une balade et une partie de tennis. Rien de très précis. La rentrée leur paraît loin et en même temps, ils savent que ce sera l'étape à ne pas rater.

– Il faut que les garçons puissent aller au collège en bus, et en même temps, il faut que Milly puisse encore aller à l'école à pied.

– On va trouver ma chérie, arrête de t'inquiéter.

– Je ne m'inquiète pas, mais je te promets que les agences que j'ai appelées n'ont plus un seul grand appart à louer. Les gens normaux cherchent en juin, pas en septembre.

– Je te promets que l'on va trouver. Un ami de Stéphane met en location une maison villa Léandre, tu vois où c'est ?

– C'est une petite impasse avenue Junot, il y a Chez Marcel, le troquet où l'on emmène les enfants manger des burgers qui fait l'angle. L'endroit est dingue : des petites maisons en briques de toutes les couleurs, c'est à tomber. Mais je pense qu'on va être hors budget, sauf si le propriétaire est le seul à Paris à respecter la loi sur l'encadrement des loyers. On a plus de chances de gagner au loto.

– Le propriétaire n'a pas de problèmes d'argent, il vient d'acheter un hôtel particulier sur l'île Saint-Louis. D'après Stéphane, il cherche surtout quelqu'un de confiance parce que c'est la maison de son enfance.

– Ce serait fou que ça marche.

– Rien n'est trop fou pour nous mon amour.

Mon amour.

Les deux mots résonnent dans sa tête comme s'ils heurtaient les parois latérales de son crâne telle une chauve-souris égarée la nuit dans une chambre trop éclairée. Peut-on aimer les gens six mois…

Il l'appelle mon amour et elle trouve ça beau à chaque fois.

La maison est cachée au fond d'une impasse. On la trouve, en tournant à droite, en haut de la rue Caulaincourt, juste avant la place Constantin-Pecqueur, il faut remonter un peu l'avenue Junot, cette avenue de Montmartre où des bus déversent des touristes venus du monde entier admirer les façades de beaux immeubles Art déco. Le quartier est chic. Le genre d'endroit où l'on se dit que ceux qui y vivent ont forcément réussi. Et sont forcément heureux.

Ils ont les clés quinze jours plus tard.

Elle vide son appartement. Lui n'apporte presque rien. Il dit ne rien vouloir garder de cette ancienne vie trop pleine de larmes et de souffrance. Ne rien prendre avec lui comme si cela pouvait suffire à tirer un trait sur le passé. Elle, au contraire, apporte sa vie, ses livres, ses meubles, ses petites cuillères, ses petites culottes. L'emménagement est gai comme la vie qui s'annonce. Ils font une photo tous les cinq assis sur les marches de la porte d'entrée, bleu marine et doré. Elle, lui, et les enfants. Ils sourient, ont l'air heureux. Y a-t-il déjà, quelque part au fond de son regard, des traces de mélancolie ? Sans doute. Ne voit-elle rien ou ne veut-elle rien voir ? Non, elle ne voit rien.

Ce jour-là, ils font une photo tous les cinq et ils sont l'incarnation de la famille recomposée rêvée. Elle la retouche un peu pour que le bleu soit encore plus bleu, le doré encore plus doré, leurs visages encore plus bronzés. Elle la poste sur Facebook pour que tous leurs amis puissent les admirer en choisissant « Comblée » comme humeur du jour avec la petite émoticône jaune qui a des étoiles dans les yeux. Elle fait un record de likes.

Ce jour-là, personne ne peut imaginer que six mois plus tard, les camions de déménagement se gareront à nouveau, un matin, devant l'auvent de la petite maison de briques rouges.

Nous sommes le 8 septembre 2015.

6

Elle apprend les soirées avec les mômes d'un autre qui ne veulent pas se coucher, la télé allumée, les week-ends avec les mômes d'un autre quand elle n'a pas sa fille. Elle apprend les concessions et les compromis. Les dîners à cinq, les matins à cinq, le temps qui manque pour se toucher. Cette nécessité de bouffer l'oreiller pour ne pas crier quand il la prend. Les parquets qui grincent, les matins où il ouvre doucement son sexe pour mieux s'y glisser juste avant qu'elle ne se réveille. Elle jouit vite. Il lui dit « Déjà ? Mais ce n'est pas possible, comment fais-tu pour jouir aussi vite, aussi fort… je voudrais être toi juste un peu pour ressentir toi… ». Il se colle contre elle et il murmure « Bonjour mon amour » dans le creux de son oreille. Elle apprend à gérer plus ou moins bien les portes qui claquent pour un portable interdit. Le bordel dans la maison, elle qui aime que tout soit rangé. Les pots de Nutella qui restent ouverts sur la table de la salle à manger après le goûter comme si ma Sorcière bien-aimée allait passer par là et d'un coup de baguette magique tout nettoyer. Les réconciliations sur l'oreiller. Elle apprend la vie de famille recomposée avec ses hauts. Et ses bas.

– J'adore mon canapé, je veux le garder.
– Mais il est rouge.
– Je l'adore justement parce qu'il est rouge.
– Mais le rouge en déco, ça énerve tu sais, ça fait monter les tensions dans une maison.
– Ne t'inquiète pas, je trouverai le moyen de te calmer.

Elle a d'abord pensé que tout allait être simple. Que les pièces du puzzle allaient naturellement s'imbriquer pour donner corps à leur histoire comme lui s'imbrique en elle la nuit. Ce n'est pas si simple. Le canapé rouge, comme prévu, ne va pas à côté du sien, « non mais c'est vrai, tu ne peux pas dire le contraire ! ». BFMTV tourne en boucle, « est-ce que l'on peut au moins couper le son vu que personne ne regarde ? ». Ses siestes bouffent leurs samedis après-midi alors qu'elle voudrait aller se balader dans Paris, « mais tu peux comprendre que je sois crevé avec la semaine de dingue que je viens de me taper ? ». Les mômes se couchent à pas d'heure alors qu'elle rêverait qu'ils aillent au lit tôt pour qu'ils aient leurs soirées pour s'aimer. « Si je ne passe pas du temps avec eux le soir, tu veux que je les voie quand ? – Et nous ? Nous on se voit quand ? »

Elle crie. Personne ne l'entend. Peut-être parce qu'elle crie en silence, à l'intérieur d'elle-même, pour ne pas faire exploser l'image de la famille idéale. Dans les magazines à la con qu'elle lit quand elle a le temps, c'est-à-dire pas très souvent, ils appellent cela « la charge mentale ». Elle se débat et se répète que les autres y arrivent, alors pourquoi pas elle. À la sortie de l'école, elle observe discrètement les mamans qui ont trois enfants et se demande si elles ont une vie à elles, parce qu'elle, elle a toujours eu une vie à elles, elle et sa fille. Elle a toujours été libre et, tout à coup, elle devient prisonnière des désirs et des besoins des autres qui passent désormais avant les siens. Elle s'oublie dans cette vie pour eux. Elle se perd. Elle se noie. Le nous tue le je à petit feu.

Elle voulait tout l'inverse. Finalement, elle a la même vie qu'avant, mais à cinq. Elle organise. Elle augmente les heures de la femme de ménage. Cela ne suffit jamais. La maison est immense. Leur appétit est immense. Les bacs de linge sale se remplissent comme par magie la nuit et elle a l'impression d'être devenue gouvernante en chef du service buanderie d'un grand hôtel parisien.

– Sérieux, c'est vraiment compliqué d'étendre vos serviettes mouillées au lieu de les laisser en boule par terre, et de ranger vos manteaux et vos pompes dans le placard de l'entrée ?

– On va trouver un rythme de croisière chérie. Pourquoi tu ne t'inscris pas au cours de théâtre où tu voulais aller le lundi soir, tu aurais une soirée pour toi, ça te ferait du bien, non ?

– Je te dis que je pète un plomb et toi tu me dis d'aller faire du théâtre ?

– Mais oui ! Je peux gérer les enfants un soir par semaine. Je vais bloquer ça dans mon agenda tout de suite, comme ça, tu sais que tu as le lundi soir pour toi.

– Tu vas bloquer un soir par semaine dans ton agenda pour t'occuper des enfants ? Ça veut dire quoi en fait ? Que moi, je bloque les six autres soirs par semaine dans mon agenda pour m'occuper des enfants ?

Elle qui dormait si bien se réveille à quatre heures du matin et regarde le plafond jusqu'à voir l'aube se lever. Lui à côté dort profondément, parce que depuis qu'ils vivent ensemble, lui dort à nouveau. Le jeu des vases communicants.

– Mais enfin tu croyais quoi ? Que ça allait être la fête du slip tous les jours et que le reste du temps, vous prendriez des jolies photos sous le porche de votre jolie maison pour les poster sur Facebook ?

– Traite-moi de conne, ça ira plus vite.

– Mais enfin tu savais bien qu'une famille de cinq

à plein temps ce n'est pas rien, ce n'est pas juste un concept, c'est un truc que tu portes au quotidien. Trois mecs, tu te rends compte ? Vous étiez seules avec Milly et maintenant tu as trois mecs, orphelins de surcroît, les trois qui débarquent, et tu croyais que ça allait passer en douceur ? Mais comment as-tu pu imaginer cela ? Il est fracassé, t'as vu la gueule qu'il a ? Il commence juste, petit à petit, à évacuer des années d'enfer. Il les évacue dans tes bras. Tu le portes. Tu l'accompagnes. Tu l'écoutes. Tu l'aimes quoi.

– Et lui, il porte quoi ?

– Lui, il fait ce qu'il peut. Il t'aide. C'est un mec. Ça ne porte pas un mec, ça aide.

– Moi je veux un mec qui porte. Je ne veux pas un mec qui aide. Je ne veux pas un mec fragile, je veux un mec sur qui m'appuyer. Merde, ce sont eux les chefs de famille depuis l'éternité.

– C'est terminé ce temps-là. Il paraît qu'on leur a coupé les couilles. Que c'est bien fait pour notre gueule. Que les mecs sont désarçonnés, fragilisés. Qu'ils ne trouvent plus leur place parce qu'on l'a prise. On a voulu notre liberté et maintenant on doit assumer.

– Mais je n'ai jamais voulu leur place, moi.

– Mais si, tout entière tu dégages ça. Tu gères, et lui il t'aime et te regarde gérer. C'est magnifique de modernité, ce nouvel équilibre de la société.

– J'emmerde le nouvel équilibre de la société. J'emmerde la modernité.

– Tu ne l'emmerdes pas, tu l'incarnes.

Elle ne sait pas quand la société a basculé. Elle n'a pas l'impression d'y être pour grand-chose. Elle voudrait être une toute petite chose fragile dont on s'occupe comme d'une pierre précieuse. Elle voudrait se reposer sur quelqu'un. Au lieu de cela, elle commande un Uber pour que ses mômes aillent à leur cours de photo ou de piano pendant qu'il dort. Elle ne lui en veut pas. Elle l'aime. Elle se dit que tout cela n'a pas d'importance. Qu'elle ne va pas tout foutre en l'air pour un Uber. Elle serre les dents. Elle vit avec cette sensation pernicieuse d'avoir pris une place dont elle ne voulait pas. Dans les dîners, quand elle était jeune, elle militait pour la liberté et l'indépendance de la femme, sentimentale, sexuelle, financière. Elle se retrouve dix ans plus tard à défendre la réhabilitation des rôles sociaux traditionnels.

– Tu as eu Marie ?

– Non. Pourquoi ?

– Appelle-la, elle n'est pas au top.

– Le jugement est tombé ?

– Hier. Elle a été condamnée à lui payer trente mille euros de prestation compensatoire, elle n'a pas le premier centime.

– C'est un truc de dingue. Elle fait appel au moins ?

– Son avocat lui dit que ça ne sert à rien. Il est

toujours arrêté pour dépression. Il ne gagne plus un rond. Elle n'a aucune chance de gagner. Elle va faire un prêt à la banque pour payer.

– Tu veux dire qu'on s'occupe des mômes. On bosse. On gère la baraque. On fait des abdos en zoom à six heures du mat' quitte à se flinguer le dos pour rester désirables. On court chez le coiffeur faire des mèches dès qu'on a trois cheveux blancs, tout en leur murmurant qu'avec leurs cheveux poivre et sel ils sont encore plus charmants qu'avant. On les suce le soir pour qu'ils se détendent avant de s'endormir. Et quand on en a marre et qu'on se barre, il faut leur payer une prestation compensatoire parce qu'ils ont arrêté de bosser pour cause de crise existentielle ? Sers-moi un verre, s'il te plaît.

Son mec à elle n'est pas en dépression, il commence même à ne plus aller à ses rendez-vous hebdomadaires chez le psy parce qu'il n'a plus très envie de s'allonger sur un divan. Il lui dit qu'il va bien. Qu'il assume pleinement sa nouvelle vie. Que merde, il a enfin le droit d'être heureux. Qu'il le sait maintenant. Qu'il se fout de ce que les gens pensent. Qu'il ne culpabilise plus. Qu'il ne fait plus de cauchemars. Il regrette juste de ne pas l'avoir rencontrée avant.

– Tu es sûr que ce n'est pas un peu tôt pour arrêter tes séances ? Il en pense quoi ton psy ? Tu lui as demandé son avis ?

– Il pense que j'ai plein de choses à régler, et moi je pense que j'en ai marre de ressasser tous ces trucs. C'est toi qui me fais du bien, pas lui.

– Mais moi, je ne suis pas psy.

– Tu es mieux qu'un psy, tu es mon soleil. Je t'aime comme un fou. Je t'aime un peu plus chaque jour. Un peu plus à chaque fois que je te regarde sourire. Un peu plus à chaque fois que je te respire, que je te bouffe, un peu plus à chaque fois que je te regarde jouir…

– Et quand t'achètes le produit pour le lave-vaisselle, tu m'aimes un peu plus aussi ?

– Oh merde, j'ai zappé. Suis désolé. Mais je peux peut-être me faire pardonner.

– Et comment ?

Il la colle contre le mur de l'entrée, enfouit son visage dans son cou.

– Tu montes l'escalier. Tu entres dans notre chambre. Tu te déshabilles. Tu gardes juste ta culotte. Tu te mets sur le lit. Tu fermes les yeux et tu m'attends… Je te promets que je vais me faire pardonner.

Elle monte l'escalier. Elle entre dans leur grande chambre toute blanche sous les toits. Elle se déshabille. Garde juste sa culotte. Se met au bord du lit. Écarte les jambes doucement. Sent tout son corps se réveiller. Se tendre. Ferme les yeux. Entend la poignée de la porte tourner.

Elle gémit.

Il entre et caresse doucement son sexe. Entre en elle d'un coup. Profondément. En attrapant ses hanches. Elle se cabre pour qu'il s'enfonce un peu plus, toujours plus, jusqu'à jouir… Elle mord l'oreiller. Les enfants sont en bas en train de regarder la télé. Elle déteste la télé mais finalement, ce n'est pas très important. Il s'effondre sur elle dans un dernier râle. Embrasse son épaule. Lui murmure qu'elle est la femme de sa vie et que promis, il va acheter le produit pour le lave-vaisselle. Elle sourit, les yeux encore pétillants de plaisir.

– Chérie, c'est compliqué tu sais, tu fais tout très vite. Tu ne laisses pas le temps aux autres de le faire et après tu te plains de tout faire.

– C'est vrai, mais attendre avril pour réserver les billets de train pour les vacances de février c'est quand même risqué.

Et petit à petit, les rouages commencent à se mettre en branle. Tout doucement. Les liens se tissent. Elle est la maman d'un seul enfant. Ses enfants à lui seront toujours ses enfants à lui. Elle les aime avant tout parce que ce sont les siens, mais elle commence à les aimer. Elle l'aime surtout tellement, lui. L'amour s'étend comme les ronds du galet à la surface de l'eau quand on fait un ricochet. Elle n'éprouvera jamais pour eux l'amour inconditionnel qu'elle ressent pour sa fille. Elle commence à accepter cette idée sans plus culpabiliser.

La société tente d'imposer un autre schéma, les enfants devraient tous être aimés de la même façon. C'est un truc à la con. Elle demande à Sophie : « Par exemple, tu as ta fille qui invite cinq copines à prendre le goûter à la maison. Tu coupes le gâteau, et il y a une part plus grosse que les autres. À qui la donnes-tu ? – À une de ses amies bien sûr. – Ah ouais ? – Évidemment. – Ah ben moi non, moi, la plus grosse, je la donnerai toujours à ma fille. » Elle sait qu'elle fera toujours une différence, mais cela ne l'empêche plus de tisser un lien avec les garçons. L'envie de les prendre dans ses bras pour les consoler. De les gâter. Elle fait pour le mieux. Elle prépare des gratins dauphinois et des rôtis pour le dîner. Avant, elle aurait fait deux œufs au plat et des épinards. Mais finalement un gratin dauphinois et un rôti, c'est bien aussi.

Il la regarde. Il sourit. Il se sert un verre de vin. Il lui dit qu'il l'aime. Il se ressert un verre de vin. Elle lui dit qu'il boit trop. Qu'il est alcoolique. Il dit en riant que lorsqu'il est soûl il l'aime encore plus. Il la prend. Ses yeux pétillent. Elle rit. Il dit « Bon on la cherche cette maison à acheter, que l'on arrête de se ruiner en loyers ? ». Les enfants rient et disent « C'est vrai on va acheter une maison ? Mais pas loin d'ici alors parce que nous, on a nos potes dans le quartier ! – Non on n'ira pas loin d'ici, promis… ».

Ils regardent les petites annonces le soir quand les enfants sont couchés.

Elle découvre la sérénité qu'apporte le fait d'être deux. De ne plus être seule face au reste du monde. De se blottir dans ses bras les soirs de stress pour décompresser. Elle comprend enfin ce truc qui se dégage des gens mariés, comme s'ils étaient plus forts que les autres, invincibles. En fait, ils sont juste deux.

Nous sommes le 18 novembre 2015.

7

– J'ai toujours rêvé de passer le jour de l'an à New York.

– Alors ce sera New York.

– J'ai toujours rêvé de faire l'amour la nuit en regardant la ville, collée contre la baie vitrée d'une chambre du Standard, avec juste la lune qui se reflète dans l'Hudson.

– Alors je te ferai l'amour contre la baie vitrée d'une chambre du Standard avec la lune qui se reflète dans l'Hudson.

Ils atterrissent à l'aéroport John F. Kennedy quelques jours après Noël. Un soleil froid illumine Manhattan. Dans sa valise, elle a mis ses essentiels : un jean, trois pulls, des UGG, des chaussettes en cachemire, des moufles, une petite robe noire et une paire d'escarpins. Ils longent Central Park, descendent Downtown par la Cinquième. Elle regarde ces façades qu'elle connaît par cœur défiler, le Rockefeller, l'Empire. Ils traversent

SoHo, débouchent sur Meatpacking, tournent à droite, le taxi s'arrête devant l'hôtel. C'est un building de béton brut, chef-d'œuvre architectural branché avec un club privé au dernier étage où des anonymes font la queue tous les soirs pour avoir une chance de danser à côté de Jay-Z et Beyoncé. Les chambres coûtent cher. Plus l'étage est élevé, plus le prix l'est aussi. Ils sont à la moitié.

– *You follow me ? I'm going to show you your room.*

Ils suivent l'hôtesse dans l'ascenseur. Elle passe la carte magnétique sur la porte, le voyant passe au vert, elle ouvre, les laisse entrer en premier. Elle s'avance. La chambre est à l'angle du building, entièrement vitrée. Une vue sur New York à en avoir le vertige. Et l'Hudson qui coule en bas.

– *Is everything ok ? Do you need something else ?*

– *No thank you, everything is perfect.*

Il tend un billet de cinq dollars. L'hôtesse le prend et part en refermant doucement derrière elle.

Elle pose les mains sur la baie. Elle a l'impression de tomber dans le vide, le verre la retient. La ville s'étend devant elle. Elle sait qu'il est juste derrière elle. Elle sait qu'il s'avance doucement, elle sait ses mains qui attrapent son jean sur ses hanches. Il le fait descendre le long de ses jambes, effleure sa peau, l'intérieur de ses cuisses. À peine. Il passe son pull par-dessus sa tête. Sa culotte glisse. Elle soulève mécaniquement un pied, puis l'autre, pour qu'il puisse l'envoyer valser, qu'il n'y ait plus rien. Juste elle face à la ville. Il se colle contre son dos.

– Je vais te prendre comme jamais… Je vais m'enfoncer comme jamais. Je vais te baiser comme jamais. Je vais ouvrir ta chatte. Je te connais par cœur, tu vas vouloir garder les yeux ouverts pour voir la ville en bas, les gens en bas parce que ça t'excite mais je vais te les bander, je vais t'attacher, tu vas être mon jouet. Tu vas perdre parce que je vais tellement te faire agoniser avec ma langue et avec ma queue que tu ne vas plus rien maîtriser pour une fois… C'est moi qui maîtrise. Ferme les yeux. Tant que tu n'auras pas fermé les yeux, je ne te toucherai pas.

Son ventre se crispe.

– Ferme les yeux, dépêche-toi sinon je vais exploser avant même de t'avoir baisée.

Elle ferme les yeux.

Il entre en elle d'un coup. Il prend possession du moindre recoin de son corps par l'intérieur. Elle gémit dans un râle. Guttural. Il la prend comme il ne l'a jamais prise avant. Comme s'il ne l'avait jamais aimée aussi fort. Comme s'il avait envie de se noyer en elle et de ne plus jamais en sortir. Comme si sa vie allait s'arrêter là parce que plus rien ne sera aussi fort que ce moment-là. Elle crie sans se demander si les chambres sont insonorisées ou pas. Elle crie de façon animale. À s'en flinguer la gorge. À en avoir mal. Il se cabre, tient ses hanches plus fort. S'enfonce plus fort. Elle a presque mal mais elle en veut encore. Elle le sent jouir. Ses jambes tremblent. Son corps tremble. Sa bouche tremble. Son cœur bat la chamade. Ses ongles s'enfoncent dans la paume de ses mains. Elle essaie de les ouvrir en vain. Elle est là contre cette vitre. Jambes écartées. Bras écartés. Sexe écarté. La ville en bas qui continue à s'agiter. Son corps bloqué comme si le temps s'était arrêté. Le souffle coupé, elle ouvre les yeux et regarde l'Hudson.

Elle jouit avec l'homme de sa vie contre la baie vitrée d'une chambre d'un hôtel de New York.

La Terre peut s'arrêter de tourner.

Nous sommes le 30 décembre 2015.

8

La vie impose doucement son rythme. Un week-end à Cabourg, il ne fait pas très beau, elle a mal au dos. Ils rentrent plus tôt. Il doit récupérer un de ses fils que sa grand-mère ne peut pas garder. C'était un week-end un peu raté, mais tout ne peut pas tout le temps être parfait.

Parfois, elle achète quelques fringues au rayon ado mais tout reste posé sur la première marche de l'escalier comme un refus de la laisser prendre la place de celle qui est partie. Toutes les barrières ne sont pas tombées. Ils invitent beaucoup. Ils s'aiment très fort. Elle s'est inscrite à ses cours de théâtre. Le lundi soir, c'est lui qui gère les enfants.

– Ça va mon amour ?

– Oui chéri, et toi ?

– Je suis en call avec le Moyen-Orient sur le projet d'implantation des nouveaux parfums Saint Laurent aux Émirats arabes unis et je ne pense qu'à toi.

– Concentre-toi, sinon tu vas finir par te faire virer et on va se retrouver sous un pont.

– On vivra d'amour et d'eau fraîche et je passerai mes journées à caresser ta peau.

– Tu rentres à quelle heure ?

– Pas tard. Trop envie de te voir.

– Je passe faire les courses en rentrant, prends juste le pain.

– J'adore quand tu me dis de prendre du pain. Je crois que même si tu me disais de passer acheter de la lessive au G20 je trouverais ça romantique.

– Je t'aime.

– Moins que moi.

– Je suis heureux, tu sais. Ça faisait si longtemps, j'avais presque oublié que c'était si bon.

– Je suis heureuse de te rendre heureux, mon amour.

– Alors on est heureux tous les deux. On devrait tourner une pub pour un site de rencontres, on leur vendrait notre histoire une fortune, j'arrêterais de travailler et je passerais mes journées à t'aimer.

Ils puent le bonheur.

Elle reçoit ses mots partout, au boulot, dans le métro. Elle les lit, les relit, s'en délecte, regarde les autres, savoure sa chance après toutes ces années. Parfois, elle se dit qu'il n'y aura donc plus que lui. Elle trouve ça étrange, se dire qu'elle ne fera plus jamais l'amour avec un autre, ne rêvera plus au premier baiser, moment furtif sacré, juste avant que tout bascule. Plus jamais un autre homme ne posera sa main sur elle. « Plus jamais un autre homme ne fera glisser sa main le long de mon dos. » La sérénité vaut toutes les passions, tous les frissons, tous les premiers émois. Pour se convaincre face à cet engagement qui fige sa vie amoureuse pour l'éternité, elle repense aux premiers rendez-vous foireux. Aux nuits d'amour sans lendemain. Aux dimanches, quand les minutes valent des heures, passés à attendre un texto d'un mec sans grand intérêt, mais on ne sait jamais, croisé sur le coup de quatre heures du mat', heure du désespoir qui fait que tu peux mettre sur n'importe quel type des rêves d'avenir en laissant ta capacité de discernement au vestiaire avec ton manteau.

– Mais aujourd'hui tu suces un mec comme tu vas acheter une baguette de pain.

–Non, mais il faut quand même que t'arrêtes d'être romantique à ce point.

– Considérer que prendre le sexe d'un homme dans sa bouche n'est pas un acte anodin est donc devenu synonyme de romantisme exacerbé ?

– Tu y mets forcément des sentiments amoureux, c'est cette façon de concevoir le sexe qui est du romantisme exacerbé. Tu pourrais aussi considérer qu'une nuit peut être une parenthèse de liberté partagée par deux adultes consentants qui passent un bon moment sans autre forme d'engagement.

– Non je ne peux pas.

– Pourquoi ?

– Parce que prendre le sexe d'un homme dans ma bouche ne sera jamais anodin. Je me fous que l'on m'explique que la société est devenue comme ça, que tu chopes un mec dans un caddie sur un site Internet comme tu commandes ta salade sur Frichti ou le bonnet de piscine de ton môme sur Amazon. Je ne me résoudrai jamais à accepter que l'amour soit devenu un bien de consommation au même titre qu'un saucisson ou un édredon. Et je me fous de ceux qui me trouvent ringarde.

– Tu n'es pas ringarde, tu es décalée.

– Qu'est-ce qu'il y a, tu pleures ?

– Il est reparti avec sa femme.

– Mais ce n'est pas elle qui l'avait quitté ? Elle n'avait pas quelqu'un d'autre ?

– Si. Mais il lui a dit qu'il avait rencontré quelqu'un. Depuis, elle a tout fait pour le récupérer. L'instinct de propriété qui ressurgit. Ça fait un moment que je sens que quelque chose ne tourne pas rond. La semaine dernière, elle est passée chez lui avec les enfants. Il était déjà parti, j'étais encore couchée, elle a ouvert la porte, et j'en ai déduit qu'elle avait toujours les clés.

– Et alors ?

– Je lui ai demandé pourquoi, et j'ai ouvert sans le savoir la boîte de Pandore. Au début, il m'a dit que c'était plus simple pour gérer les enfants, et ça a dérapé. Il n'a aucun doute sur le fait que je sois la femme de sa vie, il n'a jamais été aussi heureux qu'avec moi, il le sait, mais ils se sont vus, ils ont parlé longtemps, vingt ans de souvenirs, deux enfants, on n'efface pas tout ça comme ça tu comprends, et là, il m'a annoncé que finalement, ils allaient se remettre ensemble.

– Mais cela n'a pas de sens, tu l'as vu, vous vous êtes parlé ?

– Non, on s'est juste envoyé des sms, il ne pouvait pas parler. Je pense qu'il était avec elle. Mais il m'a dit qu'il m'appellerait la semaine prochaine et que l'on dînerait pour parler.

– Tu es en train de me dire que tu t'es fait larguer au bout d'un an par texto ?

Alors elle savoure encore plus le bonheur anodin de réserver deux chambres dans un hôtel, cinq billets dans un avion, un carré dans le train. Elle prend son pied à commander la carte Famille nombreuse à la SNCF et elle achète une friteuse. Parce que le samedi midi, dans la jolie maison en briques rouges de l'impasse, il prépare les hamburgers et elle, les frites. Elle a une famille. Presque un mari, c'est une question de temps. Elle le sait, il n'a encore rien dit mais un jour, il va lui demander et elle dira oui.

– C'est à quelle heure la visite du loft demain ?

– Quinze heures, mais je suis sûre que l'on y va pour rien.

– Pourquoi ?

– Les fenêtres des chambres donnent à l'intérieur. Si tu regardes bien le plan, elles sont en mezzanine et s'ouvrent sur le salon, donc tu ne peux jamais aérer, je n'imagine pas des chambres sans air frais avec trois préados.

– Écoute, allons quand même voir, cela permet toujours de se faire une idée.

Ils avaient vu. Les fenêtres des chambres donnaient sur le salon.

– Et la maison ?

– Samedi quinze heures, mais deux millions et demi annoncés juste pour la vue sur les vignes de Montmartre, ils nous prennent pour des Américains. Même l'agent immobilier m'a dit que ce n'était pas le prix.

– On s'en fout, on va voir. On ne trouvera pas si on ne visite pas.

– Ok chéri, ne t'énerve pas, on va aller voir.

Et elle rit.

Dans les fichiers des agences immobilières de la Butte, ils sont passés de la catégorie « Premier contact » à « Recherche active », ce qui correspond approximativement aux couples qui ont déjà vendu leurs biens respectifs, qui ont vu leur banquier pour le financement sur vingt ans et leur notaire pour écrire noir sur blanc la répartition des parts sur la mise de départ et sur la plus-value en cas de séparation parce qu'à quarante ans, on est romantique jusqu'à ce que l'on commence à parler pognon.

Elle avait vendu son appart, lui venait de signer le compromis de vente pour le sien.

– Vous avez quels critères, monsieur et vous ?

– Nous avons besoin de quatre chambres. Nous sommes une famille recomposée. Donc trois chambres pour nos enfants et si possible une suite parentale un peu à l'écart pour nous, avec une belle pièce de vie.

– C'est tout ?

– De la lumière et du calme. Quand on a le calme et la lumière, on peut tout faire. Après, si en plus vous avez une terrasse, on ne dira pas non.

– Alors une terrasse avec votre budget, ça va être difficile. Il faut que vous sachiez que votre recherche peut prendre un peu de temps, il est très compliqué de trouver un appartement avec autant de chambres. C'est ce que toutes les familles comme la vôtre recherchent…

L'agent immobilier les attend sur le trottoir.

– Bon, je ne vous redis pas que l'emplacement est vraiment exceptionnel, on a très peu de biens à vendre dans cette rue, la vue sur les vignes de Montmartre est très prisée, notamment par les étrangers. L'exposition est idéale puisque toutes les ouvertures sont au sud. Et vous pouvez aisément créer des univers propres à chacun en jouant sur les différents niveaux.

Il a donc manifestement l'habitude « des familles comme la leur ».

Ils visitent le premier étage, montent au deuxième. Elle se marre.

– Chéri, on est bien d'accord que le mec qui vit ici tient une boîte de strip-tease ?

– Je te l'accorde. Ou un bordel à Pigalle.

– T'as vu le lit rond en velours grenat dans la chambre ?

– T'as vu le miroir au-dessus du lit dans la chambre ?

– Ça pourrait me donner des idées tu sais…

– Oublie, j'aurais bien trop peur que ça nous tombe dessus la nuit.

L'agent immobilier, qui ne doit pas en être à sa première visite, commence à sentir que ça tourne plus à la balade improbable qu'à une visite débouchant sur une offre au prix.

– Ne faites pas attention à la décoration, il faudra bien sûr tout refaire à votre goût.

Ils rentrent chez eux main dans la main en riant et en se disant qu'ils finiront bien par trouver. Ils ne sont pas pressés, ils ont la vie devant eux.

Nous sommes le 12 mars 2016.

9

Elle se souvient que le dimanche, ils ont réservé les vacances d'été à Bali.

Ils partiront le samedi 23 juillet sur le vol Singapour Airlines SQ25 de Roissy-Charles-de-Gaulle pour Denpasar via Singapour à l'aller, mais ils ne s'y arrêteront pas. Au retour, ils feront un stop à Hong Kong, les enfants ne connaissent pas.

Elle a réservé deux chambres communicantes avec vue sur la baie à l'hôtel Four Seasons. On lui a dit que la vue de la piscine sur la baie était dingue. Il dit « Ça coûte une blinde quand même une chambre au Four Seasons, non ? T'as pas trouvé moins cher ? ». Il soupire et il finit par dire oui parce qu'il ne peut rien lui refuser.

Les réservations sont non annulables. Et non remboursables.

Nous sommes le 13 mars 2016.

10

Ils font l'amour trois fois cette nuit-là.

Le matin, il part travailler. Il l'embrasse en murmurant « Vivement ce soir » dans le creux de son cou.

À midi, il lui envoie un message :

« Tout va bien mon amour ? Tu rentres tard ce soir ? »

Il rentre vers dix-neuf heures trente. Elle est en train de faire manger les enfants pour qu'ils puissent dîner en amoureux une fois que les mômes seront couchés. Finalement, il veut regarder un épisode d'une série, dont elle a oublié le nom, avec les garçons.

Ils allument la télé, elle, elle monte bouquiner dans leur chambre un moment.

Il la rejoint au quatrième étage de la maison de briques rouges, celle au fond de l'impasse à droite quand tu montes l'avenue Junot à Montmartre.

Quand il entre, il ferme la porte derrière lui. Elle trouve ça étrange, mais ne s'y arrête pas.

Il s'assoit sur le bord du lit, il prend sa tête dans ses mains et il dit « C'est fini ».

Elle répond « Qu'est-ce qui est fini mon amour ? La télé ? le tennis ? ».

Il répond « Nous. Nous deux, c'est fini ».

« C'est fini ? »

« Oui, c'est fini. »

Elle se glisse hors de la chambre en prenant soin de ne pas l'effleurer comme si le contact de sa peau pouvait la brûler. En quelques mots, ils sont devenus des étrangers. Elle descend les deux étages, attrape un verre de vin rouge qui traîne sur la table, un paquet de clopes posé sur le rebord de la fenêtre de l'entrée et sort s'asseoir sur le trottoir d'en face, comme pour mieux contempler cette maison qui a abrité pendant quelques mois ses espoirs. Toutes les fenêtres sont allumées, la façade brille dans la nuit. Il n'est pas très tard. Les garçons regardent toujours leur série, en bas, dans le salon. Sa fille dort au premier. Ils ne savent pas encore que leur monde vient de s'écrouler. Lui est resté en haut, assis au bord du lit, la tête dans les mains. Il n'a pas bougé, il ne dit plus rien. Il a les yeux dans le vide comme s'il était en train de prendre conscience de ce qui vient de se passer.

Elle tient son portable dans sa main. Elle ne pleure pas, elle est anesthésiée. Elle se demande comment ils en sont arrivés là. Elle se souvient de cette photo prise sur ces mêmes marches il y a à peine six mois, ils étaient tous les cinq, des rêves plein la tête. Un record de likes sur Facebook. Mon cul. Le record d'une illusion perdue. Elle n'a rien vu, rien deviné, rien senti. Ses derniers mots cognent dans sa tête, se fracassent sur les parois de son crâne, elle essaie de réfléchir, elle respire fort, expire doucement, comme pour rester maîtresse d'elle-même parce qu'elle sent que si elle se laisse aller, là, maintenant, elle va y laisser sa peau. Elle reste debout, elle se dit qu'elle a peut-être encore une chance de sauver leur histoire. Elle se repasse en boucle ses mots d'amour de la journée et ceux qu'il vient de prononcer. Elle se dit qu'il est malade, qu'elle savait qu'il n'aurait pas dû arrêter le psy, que c'était trop tôt. Rien de très précis finalement, rien de très bien réfléchi. Elle n'a pas tout compris. Il ne voulait pas de cette vie-là, celle qu'elle peine à construire depuis six mois. Autant d'efforts et de compromis qu'il vient de balayer d'un revers de main, juste comme ça, l'air de rien, en trois mots au bord du lit. Et elle, au lieu de hurler et de lui dire d'aller se faire foutre, au lieu de lui dire que c'était le dernier des connards, elle s'est abaissée, elle a essayé de le raisonner, de le calmer, de le faire revenir en arrière, comme si l'amour était négociable, parce que ce n'était pas possible de le laisser faire, parce qu'elle ne pouvait pas le laisser anéantir son rêve, elle était prête à tout, à tous les efforts. Elle lui a dit qu'elle allait faire ce qu'il fallait pour qu'il se sente mieux, même si en vrai, elle ne voyait pas bien quoi, et plus elle lui disait que ça allait s'arranger, plus il la regardait avec dureté, comme si elle lui faisait pitié. Il lui aura tout pris, même sa fierté. Elle s'en fout, elle est prête à tout pour qu'il lui dise « Mais non mon amour, je ne sais pas ce qui m'a pris, je suis complètement dingue, tu sais bien que je ne peux pas vivre sans toi ».

Il n'a rien dit.

Elle a lu dans ses yeux que c'était trop tard. Il n'était déjà plus là, il était déjà parti. Elle a senti que tout ce qu'elle pouvait lui dire glisserait dorénavant sans le toucher. Elle a vu qu'il avait fermé la porte et qu'elle n'avait plus aucun moyen de l'atteindre. Il avait réussi à s'enfuir, il ne changerait pas d'avis.

– Vous êtes bien sur la messagerie de Sophie. Merci de me laisser un message et je vous rappellerai.

Elle rappelle.

– Vous êtes bien sur la messagerie de Sophie, merci de laisser un message…

Elle rappelle. Une fois. Dix fois. Elle appuie mécaniquement toujours sur le même numéro. Nerveusement. Entend enfin une voix :

– On est en train de dîner, je peux te rappeler plus tard ?

– Il m'a quittée.

Silence.

– Qu'est-ce que tu racontes ?

– Rien. Juste ça. Il m'a quittée.

– Mais ce n'est pas possible enfin.

– Je te dis qu'il vient de me quitter. Tout est fini. Elle regarde le panneau de basket qu'ils ont installé le week-end dernier pour les enfants au milieu de l'impasse. Elle est assise là, sa clope se consume dans la nuit. Et elle se met à pleurer.

Nous sommes le 15 mars 2016.

11

Elle ne veut pas être la dernière à partir. Celle qui vit le silence écrasant des pièces désertées, la violence de la chambre vide quand le grand lit blanc aura laissé la place à la poussière, les escaliers en bois qui résonnent sous les pas au moment de faire un dernier tour pour être sûr que l'on n'a rien oublié. Elle ne veut pas faire l'état des lieux pour éviter de se demander dans quel état elle est, elle. De toute façon, ils ne sont pas restés assez longtemps pour que les tableaux aient laissé leur empreinte sur les murs. Elle ne veut pas fermer les volets, couper l'eau, mettre le disjoncteur sur off. Elle ne veut pas entrer une dernière fois la clé dans la serrure et la glisser dans la boîte aux lettres en partant. Elle ne veut pas, elle ne veut rien, elle veut juste dormir pour oublier que tout cela n'est pas un mauvais rêve. Elle cauchemarde éveillée. Elle sent son ventre se déchirer. Elle ne pleure pas.

Elle parle à Milly en premier. Elle est assise sur le petit canapé de sa jolie chambre, sous le lit-mezzanine sur mesure qu'ils ont fait faire quand ils ont emménagé. Elle se dit qu'elle ne pourra pas l'emporter, il n'ira pas dans le nouvel appartement. Il a été fait pour ici.

– Mais maman, pourquoi il ne nous aime plus ?

À cette minute même, s'il était en face d'elle, elle lui crèverait les yeux pour qu'il souffre très doucement et très profondément. Elle regarde sa fille pleurer, la serre très fort dans ses bras, essaie de la consoler. Elle aurait pu tout pardonner, sauf ça. Pour la première fois de sa vie, elle va haïr quelqu'un. La haine après l'amour, le pire, ce qui ronge à petit feu, à l'intérieur. Elle lui répond un truc à la con du genre :

– Ce n'est pas toi qu'il n'aime plus mon ange, c'est maman. Toi tu n'y es pour rien. Tu sais, les grands, ils sont parfois étranges, ils aiment, et puis un jour, ils n'aiment plus. Mais toi, une chose est sûre mon cœur, c'est que maman t'aimera toujours.

– Ça veut dire que l'on va encore déménager ?

– Oui mon amour, on va déménager, mais ne t'inquiète pas, maman a trouvé un appartement magnifique juste à côté de l'école, on va de nouveau être toutes les deux comme avant, on était bien quand on était toutes les deux, non ?

– Oui maman, on était bien.

Ils ont ensuite parlé aux garçons.

Les enfants ne veulent pas être séparés, ils veulent rester tous les trois ensemble, frères et sœur. Les garçons veulent vivre une semaine sur deux avec elles, elle leur explique doucement que ce n'est pas possible, mais qu'ils pourront venir les voir quand ils voudront. La nuit, elle ne dort pas beaucoup, elle les regarde, elle les veille. Lui a quitté la maison dès le lendemain, elle ne sait pas où il dort, elle s'en fout. Elle est restée avec les enfants. Les dernières nuits, ils dorment tous les quatre. Elle a installé des matelas par terre dans sa chambre. Elle se repasse inlassablement le film des derniers mois en cherchant des signes qu'elle n'aurait pas vus. Elle ne trouve rien. Elle lui demande s'il a rencontré quelqu'un, il jure que non.

Le jour, elle cale leur nouvelle vie. Elle avance. Elle tient debout. Elle dépose un dossier pour le seul appartement qu'elle trouve dans le quartier. Elle se retient pour ne pas traiter l'agent immobilier de gros con quand il exige la caution de ses parents malgré son âge et le montant de ses feuilles d'imposition.

– Vous comprenez, d'habitude, on refuse de louer à une femme seule parce que l'on ne sait jamais ce qui peut lui arriver mais bon, si vous avez la caution de vos parents, on peut faire une exception.

Alors à quarante-trois ans, au lieu de lui dire d'aller se faire foutre avec son appart à trois mille balles, lui qui la prend de haut dans son costume trois pièces trop serré, elle ferme sa gueule en se disant qu'elle sera féministe plus tard et elle colle la nounou dans un train avec les papiers à signer, direction le Sud chez papa maman qui attendent sur le quai avec un stylo les précieux papiers à parapher.

Elle rappelle les déménageurs qui ont fait son déménagement six mois plus tôt. Ils se souviennent très bien d'elle et de la jolie maison au fond de l'impasse. Ils ont la délicatesse de ne rien demander. Ils arrivent le lendemain, à quatre, avec le même camion, les mêmes couvertures marron pour les objets fragiles et des cartons pliés qui ne demandent qu'à être remplis de nouveau. En quelques heures, ils ont tout empaqueté, tout vidé, tout chargé. Elle avait montré à la nounou ce qu'ils devaient emporter. Elle a juste entassé sous l'escalier le peu qu'ils doivent laisser, ce qui est à lui, trois fois rien.

– Madame, vous savez que le voisin m'a dit que cette maison était hantée ?

Elle regarde la nounou.

– Il m'a raconté que les gens qui étaient là avant, le mari est parti un jour pour l'aéroport et il n'est jamais revenu. Il dit que la maison est hantée, que tous les gens qui y ont vécu ont été malheureux.

– Domi, tu crois vraiment que c'est le genre de conneries que j'ai envie d'entendre aujourd'hui ?

Nous sommes le vendredi 25 mars 2016.

12

Des dizaines de cartons sont entassés dans toutes les pièces de l'appartement. Les déménageurs ont installé les meubles, branché l'électroménager. Elle leur tend à chacun un billet, ferme la porte, s'assoit sur la première pile qu'elle trouve et contemple son nouveau chez-elle.

Tout est neuf, parquet, moulures, peintures, salles de bains, tout vient d'être refait, elle s'y sent bien. C'est le week-end de Pâques, il pleut. Elle a trois jours devant elle pour encaisser la rupture la plus violente de sa vie et aménager cent dix mètres carrés pour que lundi soir, quand sa fille rentrera, elle se sente chez elle. Elle n'a pas de temps à perdre.

Les cloches du Sacré-Cœur sonnent, bruit familier. Elle se souvient qu'elle les entendait aussi quand elles habitaient rue Paul-Albert. Elle a tout emporté, parce que c'est la seule façon qu'elle a trouvée de le blesser. Elle a pris les couverts jusqu'à la dernière petite cuillère, vidé le placard de la buanderie jusqu'au dernier rouleau de papier WC, a emporté la lessive, le Sopalin, le dentifrice, les plaquettes de beurre déjà entamées dans le frigo. Même le congélateur, elle l'a vidé. Elle aurait préféré tout jeter plutôt que de lui laisser une boîte d'épinards.

Elle s'est demandé si le soir, quand il était rentré, il avait pleuré. Elle l'avait imaginé en haut du grand escalier du salon en train de contempler la pièce vide, béante, dans laquelle il ne restait que son canapé rouge et sa télé posée à côté de la cheminée. Dans un coin par terre, il y avait quelques BD qui traînaient dans la poussière et les traces de pas mouillés des déménageurs. La nounou lui avait dit :

– Madame, la maison est dans un état avec les allées et venues des messieurs et la pluie qui est tombée toute la journée, heureusement que vous n'avez pas vu ça, vous qui aimez les maisons propres, vous n'auriez pas supporté !

Elle avait méticuleusement déchiré en tout petits morceaux toutes les photos de leur famille faussement recomposée. Les souvenirs des jours heureux gisaient au fond d'un sac-poubelle déposé en partant au début de l'allée. Les éboueurs le ramasseraient le lendemain matin sans savoir qu'il y avait des rêves en miettes à l'intérieur.

Le soir quand il était rentré, il lui avait écrit :

« Tu aurais quand même pu laisser un minimum pour que l'on puisse dîner. »

Elle ne sait pas par où commencer. La cuisine peut-être. La chambre plutôt. Elle met le drap du dessous, la housse de couette, les deux taies d'oreiller, le gros édredon Caravane en velours vert foncé qu'elle avait acheté quand ils avaient emménagé. Elle regarde ce lit, là, dans cette chambre qui n'est pas la sienne. Elle le revoit, le même, sous les toits de la maison en briques rouges. Elle se met à pleurer sans plus se retenir, sans plus se contenir. Elle est assise sur le bord du lit et elle pleure comme une enfant, envahie d'une tristesse infinie, un immense sentiment de gâchis, et de lassitude aussi. Il va falloir une fois encore tout recommencer. Elle est assise sur ce lit, sur cet édredon vert foncé, au milieu des cartons empilés. Elle le revoit s'asseoir sur ce même édredon vert le soir quand il rentrait tard et qu'il montait la rejoindre dans leur chambre pour lui demander comment s'était passée sa journée, juste avant d'aller se doucher. Elle le revoit et elle voudrait qu'il vienne la consoler.

Alors, elle se lève. Elle enlève l'édredon, le plie méthodiquement et le pose sur une pile de cartons. Elle enlève la housse de couette, la plie méthodiquement, enlève le drap-housse et les taies d'oreiller, les plie avec le reste, elle attrape la pile, va dans la cuisine, éventre les cartons jusqu'à trouver un rouleau de grands sacs-poubelle. Elle met tout dedans et ferme le sac avec le petit lien en plastique rouge pour être sûre qu'il ne s'ouvrira pas. Elle descend l'escalier qui mène dans la cour de l'immeuble, pousse la porte du local à poubelles, soulève le grand couvercle et jette le sac à l'intérieur.

Ce soir-là, au Monoprix d'en bas, elle achète une housse de couette 220 × 240 100 % coton blanche avec de fines rayures moutarde. Elle prend les taies d'oreiller assorties en 65 × 65 cm et en 50 × 70 cm, et un drap-housse blanc. Elle décide de ne pas remettre d'édredon.

Ce soir-là, elle se couche dans un lit qui ne ressemble pas à son lit d'avant. Et pour la première fois depuis longtemps, elle dort.

Nous sommes le 28 mars 2016.

13

Il fait gris. Elle regarde la grande roue tourner.

– Maman, on monte ?

– Oui chérie, attendez-moi ici, je vais acheter les tickets.

C'est un dimanche après-midi. Le moment qu'elle craint le plus. Un dimanche après-midi d'hiver, même si à en croire le calendrier, il devrait commencer à y avoir un air printanier. Rien. Le néant. Même la météo a décidé de la plomber. C'est un dimanche après-midi. Elle est là sur la place de la Concorde à regarder tourner la grande roue illuminée. Il y a une musique pop censée mettre de l'ambiance et rendre les gens heureux. Elle regarde sa fille et sa petite copine enfouir leur nez dans leurs barbes à papa en riant. Elles sont jolies et gaies comme des gamines de dix ans que l'on emmène faire de la grande roue un dimanche après-midi. Elle sourit. À l'intérieur elle est éteinte. Elle ne dort plus. Au mieux s'endort-elle juste avant que le jour ne se lève. Elle est là sur cette place illuminée avec des touristes partout qui sourient en se prenant en photo et elle a envie de pleurer.

Cela fait des jours et des jours qu'elle se retient, qu'elle se bouffe les doigts, qu'elle écrit et qu'elle efface, elle s'est promis de ne rien envoyer, jamais. Elle a effacé son numéro pour ne pas être tentée mais elle l'a quand même gardé dans un coin sur un bout de papier au cas où. Elle est là sur cette place avec ces enfants qui rient, à regarder cette roue qui tourne, en se demandant ce qu'elle fait. Elle n'en peut plus de ne pas comprendre, de ressasser les mêmes questions qui toujours restent sans réponses. Elle enlève ses gants, le froid est mordant, ses doigts sont blancs, elle sort son portable de sa poche, cherche son numéro, le trouve et envoie :

« Je ne comprends pas. »

Au moment même où elle le fait, elle sait qu'elle ne devrait pas. Elle s'est promis de ne pas lui faire ce plaisir-là, à lui qui, depuis qu'elle est partie, n'a plus jamais donné signe de vie. Rien. Pas un mot. Même pas un « Comment vas-tu ? » poli. Il y a pire que la haine, il y a le silence. L'indifférence. Chaque soir, une fois sa fille couchée, elle s'allonge sur le canapé. Elle sent son cœur s'affoler. Chaque soir, elle se dit qu'elle va crever. Elle hésite à appeler le SAMU. Toujours la même vague d'angoisse qui monte, son pouls s'accélère. Elle essaie de se calmer. S'abrutit l'esprit en regardant des séries jusqu'au bout de la nuit pour ne pas penser. Elle s'endort l'ordi allumé, se réveille l'ordi allumé, ne plus penser, ne plus réfléchir. Et là, sur cette place, elle craque.

Elle ne remet pas ses gants, sent ses doigts gelés, sort frénétiquement son portable de sa poche pour guetter une réponse, le remet dans sa poche, se promet de ne plus le sortir, sent sa main qui le cherche à nouveau. Il vibre enfin. Elle le prend. Son nom apparaît sur l'écran. Elle fait glisser son pouce et lit :

« Je ne t'aime plus. »

Nous sommes le 17 avril 2016.

MARRAKECH

1

Les bourrasques de vent fouettent son visage. Elle esquisse un sourire, ferme les yeux, essaie de s'attacher les cheveux maladroitement. Ils virevoltent dans tous les sens, indomptables. Elle se laisse entraîner, maltraiter par les éléments. Le vent la renverse, la bouleverse. L'odeur de l'océan l'envahit. Elle se shoote à l'air iodé, respire à fond comme si cette sensation d'être oppressée qui la submerge depuis des semaines était enfin en train de s'estomper.

– J'arrive, attendez-moi. Si vous partez sans moi, je ne vais jamais vous retrouver.

– Sérieux, ça fait deux heures que t'es là-haut à regarder l'horizon alors qu'on meurt de faim. Tu fais un point avec toi-même ou quoi ?

– Non, mais c'est tellement beau, je ne pourrais jamais m'en lasser. Tu ne peux pas comprendre, t'as pas une once de romantisme dans ton ADN.

– Mais on se caille, le vent est glacial. Viens, on va

se trouver une terrasse à l'abri, histoire de se réchauffer avec un thé et manger un tajine.

– Vous avez faim ? Sérieusement ? Avec ce que l'on a englouti au petit déj ? J'ai l'impression d'avoir avalé ma dernière crêpe il y a moins d'une heure.

– Mais non, il est presque deux heures, allez viens, on reviendra en fin d'après-midi pour voir le coucher du soleil. La lumière sur la mer est encore plus belle en fin de journée.

Elle se laisse entraîner. Elle est heureuse d'être là. Loin de Paris. Loin du souvenir de lui.

Elle a atterri à l'aéroport d'Essaouira la veille à dix-neuf heures quinze par le vol Transavia T2012 en provenance de Paris-Orly. Elle s'est décidée au dernier moment. Milly est chez son père pour le week-end, ils annonçaient un temps épouvantable sur toute la France, et ça fait des mois qu'Alexandra, une amie installée depuis quelques années à Rabat, la harcèle pour qu'elle la rejoigne quelques jours histoire de changer d'air. La joyeuse bande a débarqué depuis quelques jours déjà pour le festival de musique gnaoua qui réunit chaque année des milliers de mélomanes venus des quatre coins du monde s'oublier sur ces rythmes presque mystiques, entêtants, enivrants. Ils ont loué un riad dans la médina. Elle a préféré une chambre à L'Heure Bleue, un de ses hôtels préférés, pas très loin du port.

Elle a beau connaître cet endroit par cœur, à chaque fois qu'elle pousse la grande porte qui sépare le patio du palais de l'agitation de la rue, elle est saisie par l'atmosphère qui se dégage de ce lieu si particulier. La bâtisse, ancienne, du XVIIIe siècle, a été construite à la place d'un ancien fondouk. Elle a été tour à tour maison privée, orphelinat, abandonnée, puis rachetée et restaurée par une grande famille marocaine qui a décidé d'en faire un des hauts lieux d'Essaouira, la bien-dessinée. Les murs sont épais comme on les construisait à l'époque quand la clim n'existait pas et que c'était la seule façon de se protéger un tant soit peu de la chaleur du soleil. La fraîcheur est saisissante. Un bruit d'eau enchanteur s'échappe de la fontaine en zelliges vert et blanc cachée au milieu des plantes. Elle lève la tête, regarde les coursives qui desservent les chambres, le carré de ciel bleu tout en haut, et elle se demande cette fois à quel étage elle va être. Elle aime tout ici, les vieux livres dans les vitrines surannées, les fauteuils en cuir vieillis jusqu'à être tannés par tous ceux qui s'y sont assis année après année, la lumière tamisée, le pas feutré des hommes en babouches qui apportent le thé, leurs capes de feutrine qui se soulèvent doucement quand ils glissent sans bruit dans les couloirs, le laiton des lampes, les vieilles photos en noir et blanc. Ça la renvoie des années en arrière, sur la terrasse du club de la presse de Phnom Penh, au premier étage d'un immeuble surplombant le Mékong : même ambiance postcoloniale. Ici, il est de bon ton d'effacer toute référence à ce passé contesté. Mais le charme désuet qui plane dans l'air vient sans doute, aussi, des quelques vestiges de cette époque révolue.

En passant la porte, elle a l'impression de laisser derrière elle le bruit de la ville et celui de sa vie chahutée qui la fait vaciller à la moindre émotion. Pour la première fois, elle se sait fragile. Pour la première fois, elle sent qu'elle pourrait basculer n'importe quand si un grain de sable venait gripper la machine. Là où avant elle avait de la ressource, elle sent qu'aujourd'hui, elle n'a plus de réserves, plus d'énergie pour faire face à l'imprévisible.

La porte de l'hôtel est dans une rue de la vieille ville. Impossible de deviner ce qui se cache derrière ces hauts murs de torchis, seul le bruit des mouettes rappelle que l'on est près du port, là où débarquent chaque jour des tonnes de poissons déversés sur les quais. Si elle arrive à se lever tôt, elle ira voir les premiers bateaux rentrer pour la criée.

Elle connaît Essaouira. Elle aime marcher le long de ces plages où seuls quelques surfeurs téméraires et quelques baigneurs ne craignant pas le froid se risquent. Ce n'est pas une station balnéaire, ceux qui veulent juste profiter de la côte montent plus haut vers le nord, vers Oualidia. Non, Essaouira, c'est une cité particulière à laquelle on adhère ou pas. Elle se découvre, s'apprivoise, se dénude au gré des errements. Rien n'y est facile, elle se mérite, mais nombreux sont les Français à avoir été envoûtés et à y être restés.

Le taxi l'a déposée devant la grande porte de la

maison. Elle a lu quelque part dans un guide qu'avant, il y a bien longtemps, les habitants appelaient cette ville « la Belle Endormie ». C'est exactement ce qu'il lui fallait, à elle qui se sentait endormie et endolorie mais qui comptait bien, enfin, se secouer et reprendre doucement le cours de sa vie.

Ils se sont réfugiés sur une terrasse abritée du vent. Tout le monde a faim sauf elle. Elle se fout de la carte, elle connaît les menus de tous les restaurants marocains par cœur ; elle commande un tajine légumes, elle sait que cela se mange sans faim. Elle regarde les autres qui parlent, qui rient. Elle est là sans vraiment y être. Elle sait qu'elle est venue pour ça justement, réapprendre la vie en société, parler pour ne rien dire, s'intéresser de nouveau aux autres, à n'importe qui, juste comme ça, parce que personne ne peut vivre coupé du reste du monde. Elle sent leurs regards discrets sur elle, ils la veillent en essayant de tout faire pour que cela ne se voie pas. Marc est assis à l'autre bout de la table. Il la couve du regard, ne la lâche pas, comme pour être là au cas où elle s'effondrerait telle une poupée de chiffon. Elle lui adresse un regard rassurant comme pour lui dire « Ne t'inquiète pas, ça va aller… ».

– Et toi, tu en es où ?

– Toujours chez Com 2000. On vient de boucler quatre jours de convention pour AXA à Besançon, c'était top.

– Tu es sérieuse ?

– Oui bien sûr, pourquoi ?

– Mais comment tu peux t'éclater à passer ton week-end de l'Ascension avec quatre-vingts cadres d'AXA à Besançon ? Il faut que tu m'expliques, peut-être qu'après, j'arrêterai d'aller bosser en traînant les pieds.

– Pourquoi, ça ne marche pas ton agence en ce moment ?

– Si si, ça marche très bien. J'ai des dirigeants de boîtes très sérieuses qui me payent des fortunes pour élaborer des stratégies de communication à 360 degrés disruptives censées créer le buzz et faire de leur boîte, qui ressemble à n'importe quelle autre boîte, une boîte extraordinaire ; et au moment d'appuyer sur le bouton, la plupart du temps, ils me regardent avec un sourire et me disent « Vous savez que l'on adore votre approche, votre originalité, c'est d'ailleurs pour cela que l'on vous a choisie face à vos concurrents. Mais est-ce que vous ne pensez pas que l'on va un peu trop loin là, qu'il faudrait peut-être trouver une demi-mesure pour ne pas déstabiliser nos clients historiques, tout en allant bien sûr en séduire de nouveaux parce que c'est primordial pour l'avenir du groupe de conquérir de nouveaux marchés »...

– De quoi tu te plains, c'est formidable, tu sais combien de boîtes de com ont des difficultés en ce moment ?

– Tu as raison, c'est formidable. Je devrais être une femme comblée.

– Et alors ?

– Alors je m'emmerde, mais si tu savais comme je m'emmerde.

Stéphanie se tourne vers son voisin de gauche qui dégage sans doute des ondes beaucoup plus positives pour lui raconter ses quatre jours de séminaire AXA.

Elle les regarde. Ils occupent tous des jobs importants de conseil en communication dans les plus grosses boîtes d'influence de la place. Tous sont capables de dégainer de leur carnet d'adresses le numéro de n'importe quel patron du CAC 40. La plupart ont fait leurs armes comme assistant parlementaire d'un député devenu ministre au gré d'un énième remaniement gouvernemental. Ils ont arpenté pendant des heures les allées du palais Bourbon et les salons dorés des cabinets ministériels de la rue de Grenelle ou mieux, de la rue de Varenne. Les plus chanceux ont leurs entrées au Château, les autres se contentent de Matignon, mais c'est déjà bien pour briller dans les dîners. Ils ont l'air heureux. Elle ne sait pas trop depuis combien de temps ils ne se sont pas posé la question, en fait, elle ne sait même pas s'ils ont le temps de se la poser. Ils vivent au rythme de Twitter, des crises, des fake news et des plateaux télé, des campagnes de dénigrement et des contre-offensives à organiser, des rumeurs, des exclus dealées pour décrocher le Graal, la une du *Parisien*, pour publier des interviews insipides à force d'être corrigées par des hommes de l'ombre qui se croient califes à la place du calife. « Il paraît que le ministre ne fait plus rien sans son aval en ce moment… – Ah bon ? – Oui, enfin, jusqu'au prochain… » Leur savoir-faire est de savoir en dire le moins possible tout en donnant l'impression de se livrer puisque chaque mot est décortiqué, critiqué, vilipendé. La prédominance et la violence des réseaux sociaux ont bouleversé leur métier mais tous ont su s'adapter en étant de plus en plus connectés. Ils n'ont pas le temps de s'interroger sur le pourquoi de leur vie, trop occupés qu'ils sont à protéger celle des autres.

Elle, elle prend enfin ce temps, sur son sommeil. Ses insomnies lui offrent le luxe de pouvoir réfléchir à ce qu'elle veut faire de sa vie.

Eux dorment du sommeil du juste, harassés par des journées sans temps morts rythmées par les bips incessants de leur BlackBerry qu'ils n'éteignent jamais, même pas la nuit. Et puis, au milieu, il y a une nana pas tout à fait comme les autres. Elle parle peu, elle observe. Elle est en retrait. Elle n'a pas l'air forcément timide, juste un peu moins volubile, elle a sans doute moins besoin de s'imposer, de montrer qu'elle est là. Elle a peut-être un peu moins d'enjeux, ou plus grand-chose à prouver.

– Et toi, tu fais quoi ?

– Moi, je suis en train de monter un dossier pour convaincre les banques de me prêter de quoi acheter une ferme abandonnée à Majorque.

– C'est top, et tu veux en faire quoi ?

– Mille choses, j'ai un projet de ferme en permaculture et en même temps de chambres d'hôtes, ce n'est pas dans la partie touristique de l'île, qui est devenue inabordable, mais je suis sûre que ça pourrait marcher. Cela dit, les banques sont frileuses, je n'ai pas un euro de côté, ce n'est pas gagné. Et toi, tu fais quoi ?

– J'ai une agence de com, com corporate, relations presse, com digitale, bref, un classique quoi.

– C'est chouette, non ? Ça doit être passionnant.

– Je fais ça depuis dix ans, c'était formidable, mais là, j'avoue que j'ai un peu fait le tour de la question. Je me lancerais bien dans autre chose.

– Et si tu faisais autre chose, tu ferais quoi ?

Elle ne s'était jamais vraiment posé la question. Elle a failli se laisser racheter par une grosse agence avec un titre de partner à la clé. Son meilleur ami lui avait dit : « C'est l'idée la plus con que tu aies eue ces dernières années et pourtant t'en as, des idées à la con. Quand on a l'habitude de marcher pieds nus, on ne remet pas des chaussures. » Il avait évidemment raison, elle avait laissé tomber.

– Si je faisais ce dont je rêve, je prendrais tout ce qu'il y a autour de nous, là, les odeurs, les matières, les couleurs, et j'emporterais tout ça jusqu'à New York.

– Et pourquoi tu ne le fais pas ?

– Je ne sais pas. En fait, je ne me suis jamais vraiment posé la question, je crois.

Elle leur fausse discrètement compagnie pour partir seule arpenter les rues de la médina. Elle n'éprouve cette sensation qu'ici, sur cette terre marocaine. Elle n'a jamais très bien compris pourquoi. Peut-être parce que sa mère est née ici, ses grands-parents aussi, à quelques centaines de kilomètres de là, un peu plus au nord, à Oujda. L'attachement à une terre fait-il partie des gènes que l'on se transmet de génération en génération ? Il faudrait qu'elle se penche sur la question. Pour le moment, elle se contente de cette sensation d'être chez elle, dans cette ville qui l'apaise. Elle marche sans véritable but, elle prend quelques photos pour garder une trace, une porte cachée au fond d'une ruelle, un bougainvillée qui grimpe sur le mur d'à côté, un Beni Ouarain bleu Majorelle en train de sécher sur un toit-terrasse cramé par le soleil, le blanc d'un mur, le bleu du ciel.

Le vent claque. Elle les rejoint sur la plage. Ils sont tous allongés sur de vieux transats un peu déglingués qu'un vieux monsieur en djellaba loue dix dirhams la journée. La peinture s'écaille, ils sont un peu brinquebalants, mais ils tiennent encore debout, là, face à la mer, pour accueillir les quelques touristes qui veulent lézarder. Ils prennent le soleil et le vent de l'océan en pleine gueule, ça souffle par bourrasques, le sable fouette chaque centimètre carré de sa peau, des milliers de grains de sable se collent sur sa bouche, ses cuisses, ses seins. Elle sent ses tétons durcir, son sexe s'ouvrir, elle ne peut pas s'empêcher de penser à lui, comme si tout son corps s'éveillait sous la brûlure du soleil et du vent, bourrasque après bourrasque. Des frissons traversent son corps, elle n'a pas froid, elle sent juste qu'elle se réveille après de longues semaines sans désir. Elle sent le regard de Marc posé sur elle, elle sent qu'il a envie d'elle, elle le sent mais elle l'oublie pour ne penser qu'à ce sable qui la heurte. Elle le voit lui, pas Marc qui est là juste à côté d'elle et qui n'attend qu'un signe, non, elle ne voit que lui le soir où il est rentré, elle était déjà couchée, elle était en train de lire ou de s'endormir, elle ne se souvient plus très bien, il avait attrapé un foulard Hermès qui traînait sur le parquet, il lui avait attaché les mains sans la quitter des yeux, il avait doucement serré la soie, elle avait senti ses doigts glisser le long de son dos, descendre le long de ses fesses, elle avait entrouvert les cuisses, ses doigts, sa bouche… L'envie qui l'envahit, elle est là sur cette plage en plein vent d'Essaouira, le vent continue à fouetter chaque centimètre carré de sa peau, et elle ne pense qu'à sa bouche sur elle. Alors, elle n'a qu'une idée en tête, pouvoir se caresser, jouir à nouveau enfin, sentir cette émotion unique revenir, la bouleverser, la transpercer. Elle jette ses tongs et sa serviette dans son panier, envoie à la joyeuse bande qui bronze un baiser de la main et elle remonte vers la grande bâtisse blanche. Elle pousse la porte de sa chambre, se colle contre le mur et elle laisse le plaisir monter sous ses doigts.

Ce jour-là, elle sait qu'elle peut jouir à nouveau, comme un pas de plus vers la guérison.

Le soir, elle reste seule. Marc l'appelle pour lui proposer de les rejoindre pour dîner mais elle préfère dire non. Elle a l'impression d'avoir fait suffisamment de chemin depuis son arrivée. Elle se blottit dans un grand fauteuil en rotin dans le patio de l'hôtel envahi par les plantes, commande un couscous et un verre de vin. Les photos prises pendant la journée défilent sur l'écran de son téléphone. Elle est émerveillée par la beauté de cette ville. Elle se souvient d'un réseau social dont on lui a parlé, sur lequel les gens ne postent que de belles photos. Elle télécharge l'appli, crée un compte et poste sa première photo, des bocaux en verre dans une rue d'Essaouira remplis d'onguents de toutes les couleurs, rouge magique, bleu indigo, jujuba, rose, jaune safran, bleu touareg, bleu Mogador, bleu Majorelle… Elle la publie et elle monte se coucher. Elle vient de faire son premier post sur Instagram.

Le lendemain, elle prend l'avion pour Paris. Elle pose sa tête contre le hublot, elle ferme les yeux. Elle se met à imaginer, c'est encore un peu flou dans son esprit, il y a des pots bleu Majorelle et les gratte-ciel de Manhattan.

Nous sommes le 21 mai 2016.

2

Elle est en réunion pas très loin de la gare de Lyon. Ils sont une dizaine face à elle, uniquement des hommes, tous en costume gris et chemise bleue, parce qu'un jour, un consultant en image payé deux mille balles la journée a dû leur dire que c'est ce qui passait le mieux à la télé. On ne sait jamais, si BFMTV les appelait au débotté pour combler un trou dans une émission sur les perspectives économiques du secteur automobile pour le second semestre de l'année, ils seraient prêts. Ils sont spécialistes dans la conduite du changement des organisations.

– Les résultats de l'enquête d'image que nous avons commandée à l'institut Ipsos sont clairs. Nous avons un gros déficit de notoriété chez les dirigeants des boîtes de moins de cinq mille salariés. Pourtant, les grosses ETI sont une de nos cibles prioritaires.

– J'ai également noté cette faiblesse, il n'y a sincèrement rien de surprenant dans ces résultats. Malgré la croissance à deux chiffres que vous avez enregistrée cette année, vous restez parmi les plus petits acteurs du secteur. Si vous comparez vos résultats à ceux de vos concurrents directs, vous êtes au même niveau. Seuls les gros cabinets tirent leur épingle du jeu. Pour gagner en visibilité, il faudrait améliorer votre présence dans la presse, et pour cela, il faudrait donner aux journalistes de quoi manger.

– C'est-à-dire ?

– Les dernières rencontres que nous avons organisées avec des rédacteurs en chef ou les chefs de rubrique économie des journaux qui comptent n'ont rien donné. Nous avons fait chou blanc. Même pas un petit article dans les pages saumon du *Figaro*. L'explication est simple, nous n'avons rien à leur dire. Il faut du contenu, je ne vous ai jamais menti là-dessus. Comme disait l'autre, quand on n'a rien à dire, on ferme sa gueule. Si vous voulez que l'on ait une chance de les rencontrer à nouveau, et que cela paye, il faut changer de stratégie. Nous pourrions par exemple leur présenter une mission que vous avez réalisée chez un de vos gros clients en montrant l'avant et l'après, de quelle façon vous êtes intervenus, quel accompagnement a été mis en place, l'impact que cela a eu sur l'engagement des collaborateurs.

– Mais vous savez très bien que nous ne souhaitons pas parler de nos clients. Nous avons des clauses de confidentialité dans tous nos contrats qui nous empêchent de dévoiler quoi que ce soit. Il faut que vous trouviez un autre moyen de nous faire sortir dans la presse.

– Mais on ne peut pas parler pour ne rien dire. Cela n'intéresse personne. On ne peut pas monter un coup avec le DRH de Disney par exemple ?

– Hors de question de prendre un tel risque, avec Disney nous avons un de nos plus gros contrats, je ne vais pas tout foutre en l'air pour un papier dans un canard. Débrouillez-vous, trouvez autre chose.

Elle quitte la réunion en leur assurant qu'elle va réfléchir. Elle sait qu'elle est dans une impasse. Elle n'a plus la patience de prendre des gants. Impossible de leur dire que leur discours n'intéresse personne, impossible de se passer des sept mille cinq cents euros que rapporte chaque mois le contrat à l'agence. Elle a deux consultants qui bossent sur le dossier. Elle soupire de lassitude. Elle ne sait même plus comment elle en est arrivée à bosser pour des boîtes qui l'intéressent si peu, qui ne pensent qu'à faire du chiffre et assurer la croissance. Son truc à elle, c'était la politique, l'adrénaline des élections, le frisson ressenti à chaque fois qu'un de ses clients était ovationné sur une estrade par une salle pleine et conquise après un discours qu'elle avait écrit pendant la nuit. Mais depuis l'affaire Cahuzac, Hollande a coupé la plupart des budgets com des ministères, il a bien fallu se rabattre sur autre chose, le privé, là où des chefs d'entreprise sous pression sont encore prêts à dépenser des fortunes pour avoir quelqu'un qui les rassure avec des mots à la con.

La journée, elle donne le change. Les soirées sont toujours plus compliquées. Elle est entourée, trop même. Elle est obligée de dire à ses amis de la laisser respirer, d'arrêter de se relayer pour débarquer faussement à l'improviste avec de quoi dîner, la douleur ne part pas plus vite. Le soir, elle couche sa fille, et c'est toujours à ce moment-là que tout fout le camp. Elle enchaîne les crises d'angoisse, son pouls s'accélère, un sentiment insupportable d'oppression l'envahit, une douleur lancinante dans le dos, le bras, jusqu'au bout des doigts, sa cage thoracique qui ne veut plus s'ouvrir, l'air qui manque, et à la fin, toujours, cette même impression qu'elle va tomber sur place. Ce point dans la poitrine. Se rassurer et se raisonner en se disant que c'est une simple douleur intercostale, qu'aucune étude scientifique n'a montré jusqu'alors que les chagrins d'amour multiplient les risques d'accidents cardiovasculaires, que non, elle ne va pas mourir seule, allongée sur ce canapé, avec sa fille qui dort à côté. Se mettre à la fenêtre, allumer une clope, parvenir petit à petit à se calmer, à respirer, à sentir enfin son pouls ralentir. Mille fois, elle a cru qu'elle allait y passer. Mille fois, elle a failli appeler le SAMU. Elle ne l'a jamais fait parce que certes, le ridicule ne tue pas, mais on ne sait jamais.

– Tu devrais aller voir un psy, il te donnerait au moins des cachets pour que tu dormes.

– Je ne veux pas de cachets. Je n'ai jamais pris de cachets de ma vie, ce n'est pas aujourd'hui que je vais commencer.

– Mais va voir un psy au moins.

– Pour quoi faire ?

– Pour parler.

– Pour lui dire quoi ? « Bonjour monsieur, j'ai quarante-trois ans, je viens de me faire larguer comme une merde du jour au lendemain par le mec avec qui je pensais que j'allais finir ma vie et je suis triste. » Tu penses vraiment que j'ai besoin qu'un psy me dise « Ah mademoiselle, il va falloir du temps, seul le temps peut atténuer le chagrin. Merci, ça fera cent cinquante euros ». Franchement, je préfère encore aller les claquer au Bon Marché dans une paire de pompes que je ne mettrai jamais.

– Mais tu as besoin de dormir. Il peut te donner quelque chose juste pour te détendre, pour que tu dormes enfin.

– Je ne veux pas dormir, je veux me réveiller. Je n'ai pas besoin de cachets, j'ai besoin de projets, de savoir que faire de ma vie. À part ma fille, je n'ai rien. Mon job m'emmerde, ma vie sentimentale est un fiasco, je sais, ça n'a jamais été une grande réussite, mais là je touche le fond. Je ne te parle pas de ma vie sexuelle qui se rapproche de celle d'un bigorneau, et encore, je me demande si un bigorneau ne baise pas plus que moi. J'ai des clients à qui je n'ai plus rien à dire, qui me demandent des trucs impossibles, et là il faut que je bosse sur une stratégie pour améliorer l'emploi des personnes handicapées dans les entreprises de moins de dix salariés. On va claquer des centaines de milliers d'euros pour imprimer des flyers de sensibilisation qui finiront dans une poubelle parce qu'il n'y a pas un petit patron qui mettra des ronds dans des questions d'accessibilité alors que sa priorité du moment, c'est d'abord de ne pas déposer le bilan. Je n'arrive même plus à donner le change en réunion tellement je suis fatiguée de leurs conneries. Je n'ai plus rien qui me fasse bander, plus rien qui me fasse peur, plus rien qui me sorte de ma zone de confort. Je vais bosser en traînant les pieds, tous les jours se ressemblent et je me dis que ce n'est pas possible que j'écrive des notes sur l'amélioration de la visibilité et de la notoriété jusqu'à la fin de ma vie. Quand je ferme les yeux, je me vois monter un truc genre le Zadig & Voltaire marocain à New York, sauf que je ne connais rien à la fringue et que je parle anglais aussi bien que le bigorneau qui baise plus que moi. Alors tu vois, je suis assez lucide sur moi-même, je n'ai pas besoin d'un psy. J'ai besoin d'une styliste.

– Ok, embauche une styliste alors.

– Tu as raison, je vais embaucher une styliste.

La vérité est qu'elle se noie. Elle est mal, tellement mal à l'intérieur. Pourtant, elle a connu d'autres chagrins d'amour, mais aucun avec cette soudaineté qui en fait la violence. Elle n'arrive pas à tourner la page, elle sombre. Pour oublier, elle bosse deux fois plus, dix fois plus, toujours plus. Elle gère son agence parce qu'il faut bien payer le loyer, les journalistes sont de plus en plus difficiles à toucher, le consultant récemment embauché a du mal à trouver sa place, les stratégies de com s'entassent, la to-do list s'allonge, elle travaille la nuit pour combler ses insomnies. Quand elle arrive à se concentrer, elle laisse germer l'idée un peu floue qui a envahi son esprit au retour des quelques jours passés à Essaouira. Elle évalue ses forces, l'argent qu'elle a de côté sans se mettre trop en danger : elle a cent mille euros de tréso, pas de quoi monter une boutique de quatre mille mètres carrés sur Madison mais assez pour embaucher une styliste qui puisse commencer l'ébauche de quelques modèles. Elle se décide un soir à passer une annonce sur LinkedIn : « Alerte job dans la mode. Je cherche une styliste freelance mode femme & enfant pour de jolies aventures à venir. »

Quelques jours plus tard, Catherine sonne à la porte. Elles ont rendez-vous à quinze heures, elle est un peu en avance.

– Vous voulez un thé, un café, un verre d'eau ?

– Un thé c'est bien.

Elle sort de son grand sac quelques protos d'anciennes collections qu'elle a créées sans jamais vraiment rencontrer le succès. Elle parle patrons, double ganse, boutonnières, minimum de production, nombre de pièces. Elle aligne des chiffres, esquisse des tableaux sur un carnet pour finir par conclure qu'il faut en gros un million d'euros.

– Un million ? Quand même…

– Si vous voulez ouvrir une première boutique à Paris, il faut compter le droit au bail, l'installation, les travaux, les salaires des vendeuses, le développement digital, le site Internet, les budgets à mettre sur le référencement pour que vous ne soyez pas en vingtième page de Google, l'infrastructure pour l'envoi des commandes, plus bien sûr toute la collection à créer de bout en bout, avec une trentaine de modèles au minimum pour qu'il y ait une cohérence. Si on décide de faire par exemple un jean, deux pantalons, cinq tops, deux jupes, une courte, une longue, il faut de la maille aussi bien sûr, le mieux est d'aller voir en Italie ce qu'ils font, quelques robes, un blouson, on peut faire un cuir, ça marche assez bien en ce moment, c'est dans l'air du temps, le tout dans cinq coloris par exemple, et quatre tailles au moins, vous ne pouvez pas faire moins, bref, sincèrement, je pense que c'est ce qu'il faut mettre sur la table.

– Mais je n'ai pas un million d'euros.

– Ah bon ? Combien avez-vous alors ?

– Je ne sais pas, je peux mettre soixante dix mille euros, j'ai un peu d'argent de côté dans ma boîte de com.

– Mais on ne lance pas une marque avec si peu, vous perdez votre temps. Si votre projet tient la route, s'il a vraiment quelque chose qui le différencie de ce qui existe déjà, il faut chercher un investisseur qui vous soutienne. On peut essayer de faire une mini-collection en attendant pour que vous vous fassiez une idée et que vous puissiez leur montrer l'esprit de ce que vous voulez créer… Une vingtaine de pièces, disons deux pantalons, deux tops, une jupe seulement, une veste, un blouson, le tout avec juste deux tailles, S/M et L/XL, comme ça on limite les patrons et les coûts de production. Mais avant de vous lancer, vous êtes sûre que vous parviendrez à faire fabriquer une collection qui tienne la route au Maroc ? Vous avez des contacts, vous avez déjà un circuit de production ?

– Non, pas encore.

– Il faudrait peut-être commencer par là, non ?

– Oui, sans doute. Vous avez raison.

– Écoutez, regardez tout cela, et quand vous êtes prête, rappelez-moi. J'aime bien l'idée de bosser sur la création de votre collection, partir de rien, s'asseoir autour d'une table, que vous me donniez vos idées et que je parvienne à les dessiner, mais je crois que là, c'est un peu prématuré.

Catherine remet ses protos dans son grand cabas,

lui adresse un sourire qui veut dire « Mais non je ne vous en veux pas de m'avoir fait perdre mon temps », et repart comme elle est venue.

Elle reste sur son canapé, sonnée. Elle se demande comment elle a pu être aussi naïve. Elle sent la vague monter, l'angoisse arriver, envahir son corps tout entier, elle pense à lui, elle se dit que c'est de la folie de construire un tel projet seule, sans personne sur qui s'appuyer, elle inspire très fort, expire très fort, laisse l'angoisse monter à nouveau, elle attrape son téléphone et réserve un billet pour Rabat. Elle sera toujours mieux là-bas.

– Tu veux que je vienne ?

– Mais non, tu ne peux pas venir à chaque fois que j'ai l'impression que je vais avoir une crise cardiaque sinon tu vas finir par t'installer ici.

– Ça ne me déplairait pas.

– Je sais.

– Mais sincèrement, si tu veux que je vienne tu me dis, je peux être là dans cinq minutes.

– Tu es un amour mais ça va aller. Il faut que j'apprenne à respirer. Il faut que j'apprenne à dominer ces angoisses sinon ma vie va devenir un enfer. Je vais y arriver.

– Ce que tu as vécu est d'une violence infinie, c'est normal que tu te sentes mal, arrête de vouloir tout gérer, tout dompter, il faut que tu évacues, que tu laisses passer du temps, que tu acceptes que l'on te soutienne aussi.

– Je te dis que je vais y arriver. Ne t'inquiète pas, si vraiment je me sens mal, je t'appelle, je te le promets.

– Comment va Milly ?

– Milly va merveilleusement bien. Elle a retrouvé ses habitudes, sa mère pour elle toute seule, la vie calme et sereine, sans portes qui claquent ni ados qui gueulent, je crois que ça lui va très bien et c'est le plus important.

– Oui tu as raison, mais fais attention à toi. On s'appelle demain.

– Demain, je serai à Rabat, je viens de réserver un billet, ils annoncent un temps pourri à Paris, si je reste ici, entre mon projet qui foire et la pluie, je vais me pendre.

– Je viens avec toi.

– Mais tu ne vas pas plaquer tous tes rendez-vous parce que je pars à Rabat !

– Moi aussi j'ai envie de soleil, et j'avais dit à Alex que je viendrais quelques jours avant l'été. Envoie-moi ton numéro de vol, on se retrouve demain à Roissy.

– Tu es dingue.

– Je sais, mais toi aussi et c'est sans doute pour ça que je suis dingue de toi.

– Je t'embrasse.

– Moi aussi je t'embrasse.

Il fait encore nuit quand il débarque dans le hall de Roissy. Elle l'attend devant chez Paul, elle a faim, c'est déjà bien. Elle a booké le premier vol de la journée, celui qui décolle un peu avant sept heures de Paris, pour avoir une chance de déjeuner dans un troquet de la kasbah des Oudayas. Elle le regarde s'avancer vers elle, il sourit. Elle ne peut pas tomber amoureuse de lui, parce qu'elle est incapable d'être amoureuse de qui que ce soit. Mais ce matin-là, elle n'est pas contre l'idée de faire comme si.

Nous sommes le 3 juin 2016.

3

Elle est allongée au bord de la piscine. Le soleil a tourné, elle n'a plus un brin d'ombre, il faudrait qu'elle déplace son transat un peu plus loin, mais elle n'a pas envie de se lever. Ils ont bu une bouteille de gris au déjeuner.

– Tu vas brûler si tu restes en plein soleil.

Des gouttes de sueur perlent sur sa peau, coulent sur ses hanches, elle frissonne. Il enfouit sa main dans ses cheveux, elle garde les yeux fermés pour ne pas se demander à qui appartient cette main qui la touche, qui descend entre ses reins, qui l'effleure. Elle soupire à peine comme pour lui dire de ne pas arrêter, que cette fois elle ne dira pas non. Elle pense qu'ils ne sont pas totalement seuls au bord de cette piscine, qu'ils devraient faire attention. Elle ne dit rien. Elle le laisse faire comme une poupée assoiffée.

– On monte ?

Elle le suit.

Jamais elle n'a eu l'impression d'être si désirée.

Elle le laisse faire. Il la prend. La retourne. Écarte son cul. La fouille. Elle est à lui. À cet instant. À ce moment. Il la dévore comme s'il allait l'avaler tout entière pour qu'elle ne puisse jamais être à un autre. Elle jouit mille fois pour rattraper ces mois sans désir. Elle a la tête dans le vide. Les yeux fermés. Il colle sa main sur sa bouche pour qu'on ne l'entende pas crier à l'autre bout de la ville, et il recommence. Elle jouit dans sa bouche. Elle jouit quand il la touche. Elle jouit avec son corps. Sa tête et son esprit ont déserté. Rien d'autre n'existe que son ventre. Le plaisir à l'état brut.

Le soir, ils dînent sur une terrasse de la rue des Consuls. Elle porte une jupe à sequins bleus un peu courte qui scintille quand elle marche. Elle danse en regardant le soleil se coucher sur les toits de la médina. Ils sont les derniers à partir, les échoppes du derb sont fermées. La rue est déserte. Ils sont un peu ivres. Ses talons se coincent dans les pavés de la ruelle et la font tituber. Il la retient par le bras. Elle aime cette sensation de s'appuyer à nouveau sur quelqu'un. Elle est ivre et pour la première fois depuis des mois elle se sent bien. Elle respire sans forcer. Ils hèlent un petit taxi qui passe par là, rentrent à l'hôtel. Elle sait qu'il va pousser la porte de sa chambre et s'y faufiler. Elle sait qu'elle va le laisser faire.

Il dort encore quand elle descend au spa. Elle demande un gommage au savon noir. Comme si le gant de crin pouvait tout effacer. Les peaux mortes et les souvenirs.

– On y retourne.

– Vous êtes sûre ?

– Oui.

Samia lui prend la main et lui fait traverser doucement le hammam au sol glissant jusqu'à la salle. Elle s'allonge de nouveau sur la paillasse en marbre brûlant. Elle sent encore sa tête tourner, elle respire mal, ses mains et ses pieds tremblent de plus en plus fort.

– Ça va madame ?

– Oui.

Cela fait déjà deux fois qu'elle sort depuis le début. Deux fois qu'elle y retourne alors qu'elle a l'impression qu'elle va mourir là, sur cette paillasse, au fond d'un hammam de Rabat.

Des amas de peaux mortes roulent sur ses bras, ses jambes, ses seins, ses fesses, chaque centimètre carré de ce corps qu'il a caressé.

– Plus fort s'il vous plaît.

Le gant meurtrit sa peau. Chaque seau d'eau froide qu'elle prend en pleine figure la fait suffoquer. Elle cherche de l'air. Avale de l'eau. Tousse. Crache. La violence du parfum des huiles essentielles la soûle. Elle essaie de calmer son pouls.

Sa tête tourne de plus en plus fort.

– Donnez-moi votre main.

Elles traversent doucement les salles du hammam dans l'autre sens. Le sol est toujours glissant.

Arrivée dans la première salle, elle happe une goulée d'air frais.

– Ça va aller ?

– Oui.

– Votre visage a changé madame.

Elle s'allonge face au parc. Et là, elle sent ses larmes commencer à couler. Ces putains de larmes qu'elle attend depuis des semaines coulent enfin le long de ses joues.

Elle avale l'eau dans laquelle trempent des morceaux de citron et des feuilles de menthe. Elle essuie ses yeux avec la manche de son peignoir. Elle prend l'ascenseur qui remonte du spa jusqu'à sa chambre. Elle ouvre la porte : Marc est parti.

Nous sommes le 4 juin 2016.

4

Chaque jour, elle repousse son départ.

– Il faut que vous preniez un taxi à onze heures et demie madame pour être à l'aéroport deux heures avant.

– Tant que ça ?

– Ah ! Depuis les attentats de Bruxelles, c'est ce qu'ils demandent.

Elle regarde sa montre. Onze heures vingt-trois.

– Vous avez le numéro d'Air France ?

– Oui madame.

– Vous pouvez les appeler s'il vous plaît ?

Le concierge compose le numéro, laisse sonner dans le vide. Elle sent son cœur battre plus fort, son dos se tendre. Elle attrape son iPhone, « Votre réservation », « Modifier un billet ».

– C'est bon monsieur, laissez tomber.

– Vous êtes sûre ?

– Oui. Ma chambre est libre ce soir ?

Depuis une semaine, chaque matin, elle prononce la même phrase : « Ma chambre est libre ce soir ? »

Elle sait maintenant. Il fut long à venir ce moment où la sensation pernicieuse, vicieuse, permanente d'être en train de suffoquer, cette boule à l'intérieur de son corps qui l'empêche depuis des semaines d'avaler, de respirer, de rire, de jouir, de chier, disparaisse.

Depuis des semaines, chaque repas est un effort. Elle mâche, longuement, jusqu'à faire de chaque aliment de la bouillie, seul moyen d'être sûre qu'il ne reste pas bloqué dans sa gorge au moment de déglutir. Elle fuit tout ce qui résiste, la viande, les pommes. Ce serait quand même con de mourir étouffée en mangeant une pomme. Son estomac est en vrac. Comme elle.

Ma chambre est toujours libre ce soir ?

Chaque jour est un pas qui l'éloigne un peu plus de lui. Mais surtout, elle sait qu'il est en train de partir. C'est à son tour, enfin, de s'en aller. Elle sait que le camion devait de nouveau arriver devant la maison en briques rouges ce matin à neuf heures pour charger. Trois mois qu'elle attend ça, savoir, enfin, qu'il est loin, que sa Butte est redevenue la sienne et qu'elle ne risque plus de l'y croiser, de l'apercevoir à un feu rouge, ni même juste de savoir qu'il est là dans la rue d'à côté.

Son vol est à quatorze heures. Elle demande au concierge de réserver un taxi pour l'aéroport. Elle atterrira à Paris ce soir à dix-neuf heures trente. Son déménagement sera terminé. Elle peut rentrer parce que lui s'en va. La maison de l'impasse sera de nouveau vide, volets fermés. Comme si leur histoire n'avait jamais existé.

Nous sommes le 10 juin 2016.

5

– Je ne vais pas y arriver.

– Pourquoi tu dis ça ? Tu es trop impatiente, tu veux toujours tout, tout de suite. Tu ne peux pas monter un projet pareil d'un claquement de doigts. Tu devrais essayer de rencontrer des professionnels qui bossent dans le secteur pour qu'ils t'expliquent comment ça marche, que tu puisses évaluer les risques, monter un projet sérieux, et pas juste te dire qu'il te faut un million d'euros parce qu'une nana rencontrée sur LinkedIn t'a balancé ce chiffre comme ça, un jour en prenant le thé. Et si c'est injouable de lancer ta propre collection, pourquoi tu ne commences pas par vendre d'autres marques ?

– Mais je ne veux pas ouvrir une boutique de fringues, je m'en fous d'ouvrir une boutique de fringues. Je voudrais faire un truc entre Paris et le Maroc, c'est ça qui me fait avancer, moi mon truc c'est d'entreprendre, de créer, pas d'être commerçante. Si c'est pour faire une énième boutique de fringues, personne ne m'a attendue, j'arrête et je continue l'agence.

– Alors, pourquoi tu ne fais pas une boutique dans laquelle tu vends des créateurs marocains ?

– En fait, je crois que j'irais bien vivre là-bas. J'ai besoin de prendre l'air, d'aller voir ailleurs. Ici, je ne m'en sors pas, je n'arrive pas à rebondir. Tout le monde me rabâche ça. Il faut rebondir. Tourner la page, passer à autre chose. Moi, j'ai l'impression de couler. Je n'arrive pas à me concentrer, encore moins à me projeter. Je n'arrive pas à imaginer un avenir sans lui. Ça me ronge, ça me bouffe, tu comprends ? J'ai envie de le frapper, et la minute qui suit, j'ai envie de l'appeler pour le supplier de m'épouser. Je croise des couples dans la rue, je me demande comment ils ont fait, j'ai envie de les arrêter pour leur demander mais je ne le fais pas parce qu'ils me prendraient pour une dingue. Ça n'a pourtant pas l'air si compliqué, pourquoi moi, je me prends un mur à chaque fois ? Cette absence, du jour au lendemain, est insupportable, comme si on t'arrachait un truc à l'intérieur de toi. Et tu ne penses qu'à ça, tu fais semblant de continuer comme si tout allait bien alors qu'en fait, tu penses qu'à ça. Tu te demandes ce qu'il fait, où il vit, s'il en aime une autre, s'il en baise une autre, c'est insupportable de ne plus rien savoir, tu comprends ça ? Tu retournes ça dans tous les sens, putain, et tu cherches une réponse que tu n'as pas et que tu n'auras jamais. T'as envie, chaque nuit, de lui envoyer un message pour qu'il t'explique pourquoi il s'est barré, que tu puisses enfin faire ton deuil, et tu ne l'envoies pas parce que tu sais qu'il ne faut pas, qu'il ne répondra pas et que tu y laisseras le peu de fierté qu'il te reste. Je me sens vide à l'intérieur, j'ai envie de hurler de douleur, de crier, d'avoir mal à mes cordes vocales. Je le hais de m'avoir fait ça parce que je ne le méritais pas tu vois, hein, dis-moi que je ne méritais pas ça putain… Mais je ne vais pas pleurer tu vois, je ne vais pas hurler, je planterai mon poing de rage dans un mur mais putain je pleurerai pas, tu vois, je lui ferai pas ce cadeau-là…

Et elle se met à pleurer.

Elle traîne. Elle ne sait pas vraiment où elle va, passe devant une bijouterie. Dans la vitrine, il y une alliance en diamant très simple, très fine. Elle se souvient qu'une nuit, elle lui avait dit que lorsqu'ils se marieraient, ce serait une comme ça qu'elle voudrait. Une alliance en diamant très simple, très fine. Juste un anneau qui dirait au monde entier qu'elle était à lui.

Elle pousse la porte de la boutique, elle aimerait juste l'essayer. La vendeuse lui demande la taille de son doigt.

– Cinquante-deux.

– La voici dans votre taille. C'est la plus fine que nous ayons. Nous avons également d'autres modèles avec des pierres plus importantes ou serties différemment comme celle-ci si vous souhaitez quelque chose d'un peu plus imposant. Elle est très belle aussi portée, surtout lorsque l'on met peu de bijoux comme ça a l'air d'être votre cas. Vous devriez la passer aussi.

– C'est vrai elle est très belle, mais je crois que je préfère vraiment la première.

Elle la passe au doigt.

– C'est pour quand ?

– Qu'est-ce qui est pour quand ?

– Le grand jour, dit la vendeuse avec un sourire complice. Votre mariage est prévu pour quand ?

Elle regarde la bague qui brille à son doigt et répond doucement :

– Je ne me marie pas. L'homme avec qui je devais me marier vient de me quitter. Je vais prendre celle-ci.

Elle tend sa Carte bleue.

– Je… Pardon, je ne voulais pas…

– Il n'y a pas de problème, ne vous excusez pas.

– Je vous la mets dans sa boîte ?

– Non ce n'est pas nécessaire. Je vais la garder au doigt.

Plus tard ses amies lui diront que mettre une alliance quand on est célibataire, c'est vraiment une idée à la con. Elle, elle leur répondra qu'elle n'en a rien à foutre de ce que les gens pensent. Elle regarde la bague en diamant qui brille à son doigt. Elle est très simple, très fine. Elle se dit qu'à quarante-trois ans, il faut arrêter de compter sur les autres pour réaliser ses rêves. Mais au fond, tout au fond, elle sait qu'elle a, bien cachée, cette saloperie d'envie de pleurer qui ne la quitte pas.

Nous sommes le 12 juin 2016.

6

– Boss, il faut vraiment que vous soyez au rendez-vous avec Vertlogistic demain, ils sont entrés en négos exclusives avec un fonds d'investissement allemand pour être rachetés mais avec le nombre de casseroles qu'ils ont, si on ne veut pas se faire allumer dans la presse, il va falloir déminer sérieux.

– C'est indéminable leur truc, ça fait trois ans que je leur dis qu'il faut nettoyer, ils ne m'écoutent pas et ils m'expliquent à longueur de réunion qu'ils se foutent de leur image, que ce qu'ils veulent, c'est juste faire du pognon et qu'il faut que l'on se contente de faire de la veille pour éviter que ça dégénère. Le président est pourtant un mec bien, mais le directeur général est un petit chef sans cerveau, ce sont les pires. Je ne comprends pas comment des mecs aussi peu brillants arrivent à des postes aussi élevés, comme si dans les boîtes, il y avait une prime à l'incompétence. Moins ils ont d'envergure, plus ils gravissent les échelons, parce qu'ils ne font d'ombre à personne, et les bons restent cantonnés en bas de l'échelle. Bref, ça ne sert à rien de lui parler indépendance de la presse et liberté de l'information, il ne veut pas comprendre. Ils se réveillent maintenant parce qu'ils savent qu'une enquête à charge va sortir dans *Paris Match*, mais c'est trop tard.

– Ils veulent qu'on appelle la journaliste et que l'on demande un droit de réponse.

– C'est hors de question que je l'appelle, je la connais, c'est une fille carrée, si elle sort ça, c'est qu'elle a tous les éléments, elle ne bougera pas. J'ai relu le papier, il est béton, le truc est ficelé et toutes les accusations sont suffisamment bien amenées pour que l'on n'ait aucune prise. Les repreneurs savent forcément que leurs méthodes ne sont pas nettes, on peut essayer d'habiller la mariée pour faire illusion, mais il faut surtout faire le dos rond et attendre la fin des négos en espérant qu'il n'y ait rien d'autre qui sorte d'ici là. Le procès à Bordeaux a été mis en délibéré pour quand ?

– Le jugement doit tomber au printemps.

– Ok, prépare-moi une strat pour la réunion de demain matin. Tu leur mets un plan d'action en quatre points, avec des éléments de langage sur leurs points forts : taux de valorisation du recyclage, nouvelle gouvernance, réorganisation des sites en région et nouvelles techniques écocompatibles. Tu me colles un volet presse et com digitale avec une série de vidéos sur les métiers du groupe. On cale dix tournages en province avec des portraits de dix salariés, c'est bon en com interne, ça met en valeur les équipes et ça fait le job en externe, on humanise la marque. Demande un devis en urgence cet après-midi à Havas Prod, qu'ils n'oublient pas d'intégrer 10 % pour nous en tant qu'apporteur d'affaires. Et tu prévois un budget sponsoring pour booster les posts sur les réseaux. Ça va le faire.

– C'est sûr, ça va leur plaire.

– Je sais. Le rachat est prévu pour quand exactement ? On va sauter le jour de la signature, les nouveaux ne garderont pas l'ancienne équipe. Il faut anticiper et chercher une autre boîte du secteur avec qui on pourrait travailler. Tu as une idée ?

– On a un contrat qui les engage jusqu'en décembre, il n'y a aucune clause qui leur permette de sortir avant.

– Ça nous laisse un peu de temps, c'est déjà ça. Quelle heure demain ?

– Neuf heures au siège, rue du Faubourg-Saint-Honoré. Je me mets sur la prez tout de suite, je vous l'envoie ce soir pour validation, vers vingt-deux heures, ça ira boss ?

– Oui, j'ai un dîner, je regarderai après.

Si elle veut que ses équipes bossent, soient créatives, disruptives, imaginatives, plus fortes que les autres, il faut qu'elle les tire, qu'elle joue son rôle de locomotive. Ils n'iront nulle part si elle ne les embarque pas. Ils sont jeunes, ambitieux, talentueux, ils aiment leur job. Ils ne se demandent pas encore si ce qu'ils font correspond à leurs rêves de gosse. Elle, elle voulait être reporter de guerre, elle s'est perdue quelque part en chemin. Elle ne regrette rien, mais elle sait maintenant que c'est le moment de changer. Il lui reste juste à trouver comment. Elle a le vertige. Elle s'en fout de gagner moins, de ne plus aller déjeuner avec des gens importants dans des restos branchés, de porter des sacs Prada ou des escarpins Louboutin à mille balles, elle vomit ces mecs en costard qui pensent qu'un déjeuner boulot avec un club sandwich au homard et un verre de meursault au bar du Plaza débouche forcément sur un plan cul. Sans engagement. Entre adultes consentants.

– Je pense que l'on a fait le tour. Je vous envoie un récap par mail de l'ensemble des points sur lesquels il faut que nous ayons une validation rapide d'ici demain soir, cela vous convient ?

– Oui, c'est parfait. Vous êtes toujours parfaite. Ma voiture est en révision au garage jusqu'à dix-sept heures, mon chauffeur ne pourra pas venir me chercher avant.

– Vous voulez que la réception vous appelle un taxi ? Je peux vous déposer à votre bureau si vous préférez, c'est sur mon chemin.

– Pour être totalement honnête avec vous, vous me plaisez beaucoup, et pas uniquement professionnellement. J'ai réservé une suite à l'étage, juste au cas où. Je pensais que l'on pourrait peut-être passer le temps autrement.

– Je vous demande pardon ?

– C'est juste une proposition, ne montez pas tout de suite sur vos grands chevaux, il n'y a aucune obligation.

– Vous pensez que parce que vous êtes directeur des relations extérieures d'un groupe du CAC 40, que vous avez le portable du Président et que vous m'offrez une assiette de raviolis à la truffe que vous allez passer en note de frais, cela vous donne le droit de me sauter entre le café et le dîner ? Je peux aussi envoyer un message à votre femme pour la prévenir que vous aurez un peu de retard ce soir si vous le souhaitez ?

Elle n'en peut plus. La veille, c'était un autre restaurant, toujours dans le même quartier. Le triangle d'or, là où l'on trouve les gens bien élevés.

– Ces deux jours de conférences ont été une réussite, bravo, vous avez vraiment fait un super boulot. Les intervenants sont ravis des retombées presse et de la visibilité sur les réseaux sociaux. Nous allons pouvoir nous appuyer sur ces résultats pour convaincre nos partenaires financiers de continuer. On peut commencer à travailler sur la programmation de l'année prochaine, qu'en pensez-vous ?

– Nous vous accompagnerons avec plaisir. Je peux élaborer un calendrier prévisionnel des actions à mener en amont et un projet de lettre d'engagement si vous le souhaitez.

– Parfait, préparez-moi cela, et voyons-nous dès que les documents seront prêts.

Il interpelle le garçon :

– S'il vous plaît, une carte et un stylo.

– Bien sûr, tout de suite monsieur.

Il écrit quelques mots sur la carte, la plie en deux, la glisse vers elle au milieu de la table. Elle attrape le bout de papier, l'ouvre et lit « On baise quand ? ».

Nous sommes le 13 juin 2016.

7

– Écoute ma chérie, je comprends que ces derniers mois t'aient un peu ébranlée, mais tu ne peux quand même pas faire n'importe quoi. Pense à Milly, tu as une boîte qui marche bien, tu gagnes très bien ta vie, tu te rends compte des risques que tu prendrais si tu fermais pour te lancer dans autre chose ? Tu ne vas pas sacrifier tout ce que tu as réussi à construire depuis dix ans juste pour un petit coup de déprime ?

– Ce n'est pas juste un petit coup de déprime maman. C'est beaucoup plus profond que ça, tu comprends ?

– Oui bien sûr que je comprends, tu t'énerves tout de suite, on a quand même le droit de te dire ce que l'on en pense, on s'inquiète pour toi, c'est compliqué en ce moment, c'est la crise, regarde autour de toi le nombre de gens qui cherchent du travail.

– Maman, à chaque fois que j'ai cherché un job, j'ai trouvé.

– Je sais, mais la période est difficile, et puis tu n'as

plus trente ans, les boîtes n'embauchent plus des gens de ton âge, elles embauchent des jeunes !

– Maman, j'ai quarante-trois ans, tu parles comme si j'étais finie.

– Ma chérie, on ne fout pas tout ce qu'on a construit en l'air comme ça sur un coup de tête. Comment tu vas faire si cela ne marche pas ? Qui va payer ton loyer ? Si tu étais mariée, ce serait différent, tu pourrais compter sur quelqu'un, mais là tu es seule, tu ne peux pas prendre un risque pareil. Et ta fille, tu as pensé à ta fille ?

– Maman, je crois que cette discussion ne mène nulle part.

Ses insomnies ne la lâchent pas. La nuit, elle a les yeux ouverts, rivés sur le plafond. Elle en connaît la moindre fissure, le moindre recoin où s'écaille la peinture. Elle fixe le plafond et elle se demande si un jour elle aura le courage de tout plaquer, le fric, le confort, le chemin à venir déjà tracé, pour avoir une chance de se trouver.

Nous sommes le 15 juin 2016.

8

Elle vient de recevoir les nouveaux statuts de la société. Elle a fait ajouter les activités de conception, fabrication, vente et revente de tous les articles et accessoires de vêtements liés à l'activité du prêt-à-porter et de la mode. Au dernier moment, elle a aussi ajouté sans trop savoir pourquoi « Conception, création, fabrication, vente et revente d'articles de décoration d'intérieur ».

Elle quitte le bureau, passe chez le traiteur acheter de quoi grignoter. Marc vient dîner. Elle l'a revu quelques fois depuis leur retour de Rabat. Il sait qu'il faut y aller doucement.

Il débarque avec des fleurs, l'embrasse, elle est assise sur le tapis du salon et des dizaines de feuilles griffonnées sont éparpillées sur la grande table de bois blanc.

– Qu'est-ce que tu fabriques ?

– Je cherche un nom. On a reçu les nouveaux statuts de la société aujourd'hui, il faut que je change la raison sociale, je ne peux pas garder le nom de l'agence pour les nouvelles activités, je dois trouver un nom.

– Fais voir. Tu es partie sur quoi ?

– Je ne sais pas, si on monte un concept store, il faut qu'il y ait concept store dans le nom ; les trucs beaux mais qui ne veulent rien dire, je n'y crois pas. Mais après, le champ des possibles est sans limite.

– Tu as regardé ce qui existe déjà ? C'est toujours intéressant de voir comment se positionne la concurrence.

– Non, je n'aime pas regarder ce que font les autres. Après, je me dis toujours que moi, c'est moins bien, ça m'embrouille l'esprit. Je préfère partir d'une feuille blanche et attendre la bonne idée.

– Tu l'as déjà ton nom, c'est juste que tu ne le vois pas.

Il prend doucement sa main, l'embrasse dans le creux du poignet et murmure :

– Regarde, il est là ton nom.

Dans le creux de son poignet, il y a la lettre M tatouée sur sa peau à l'encre noire. Le M de Milly.

Ce soir-là, il lui fait l'amour mais il ne reste pas dormir. Il tire doucement la porte en partant, lui laisse quelques mots d'amour griffonnés sur un papier pour qu'elle les trouve au petit déjeuner. Elle se réveille au milieu de la nuit, allume son ordi pour lire une dernière fois la présentation pour Vertlogistics. Elle fait défiler les slides qui reprennent son brief de l'après-midi. À la dernière page, elle se sent vide. Tout cela n'a plus de sens.

Elle se connecte sur le site d'Air France et réserve un billet d'avion pour Casablanca.

Nous sommes le 16 juin 2016.

9

– Mesdames et messieurs, soyez les bienvenus à bord de ce Boeing 777 de la compagnie Royal Air Maroc, notre décollage pour Casablanca est prévu dans quelques minutes. Notre temps de vol est estimé à deux heures et cinquante-deux minutes, le temps à l'arrivée est très beau avec un ciel dégagé et une température extérieure de 27 degrés Celsius. Notre personnel de bord est à votre service pour que vous passiez un agréable moment en notre compagnie. Le commandant et l'ensemble des membres de l'équipage vous remercient d'avoir choisi Royal Air Maroc et vous souhaitent un très agréable voyage.

Elle s'est envolée, son ordinateur sous le bras. Elle a réservé une chambre dans un petit hôtel du quartier Gauthier. Son frère doit la rejoindre quelques jours plus tard pour fêter son anniversaire. Elle est partie un peu avant pour découvrir la ville, rencontrer des fabricants, faire le tour des créateurs. Son projet a du plomb dans l'aile, mais elle n'a pas complètement abandonné. Elle a juste intégré le fait que ça allait être compliqué. Elle travaille. Elle fait des fiches, liste les points à consolider, élabore un budget prévisionnel, met au point une stratégie com pas chère en s'appuyant sur les réseaux sociaux, Instagram et Facebook. Elle sait que son agence va être obligée de supporter la facture, au moins au départ, alors elle ne lâche rien de l'autre côté non plus. Elle chouchoute ses clients historiques, décroche de nouveaux contrats même si la concurrence est rude. Elle enchaîne les rendez-vous clients, les media trainings pour préparer les passages médias, et le soir, une fois que sa fille est couchée, elle allume à nouveau son ordi et lit, cherche des chiffres fiables sur l'industrie textile, prend des notes.

Elle a embauché Claire, une jeune diplômée de Sciences po à la tête bien faite pour travailler avec elle sur le projet et tout à coup, c'est comme si cela devenait réel. À deux, elles se mettent à brainstormer, contactent l'ambassade pour voir s'il existe des aides, ne trouvent rien mais cherchent ailleurs. La nuit, elles épluchent les statistiques sur les perspectives de développement économique en Afrique. Le matin, elle est tellement fatiguée qu'elle ne ressemble à rien, mais elle a enfin un projet, un avenir, quelque chose qui la fait tenir debout.

Elle sort les guides qu'elle a apportés pour préparer son programme du lendemain. Elle a trois jours. En fouillant sur Google, elle a trouvé quelques magasins à ne pas rater, elle a des rendez-vous avec des amis marocains qui connaissent parfaitement la ville, un dîner avec un partenaire potentiel, mais elle veut surtout sentir Casa, immense mégalopole où cohabitent les plus riches familles du pays et des bidonvilles où s'entassent les oubliés du système, ceux qui regardent l'Europe de l'autre côté de la mer comme seule chance de se construire un destin.

Elle prend un taxi, elle a rendez-vous dans l'un des restaurants branchés qui se sont installés à flanc de falaise, sur la corniche. L'immense terrasse surplombe la mer, les vagues se fracassent sur les rochers en bas.

Nour Eddine lui fait un signe de la main pour qu'elle le voie. Il est tout sourire. Il se lève et l'embrasse.

– Ça me fait tellement plaisir. Je t'ai commandé un spritz pour commencer, ça te va ?

– C'est parfait, comme toujours, moi aussi je suis heureuse d'être là. Tu es arrivé il y a longtemps ?

– Non, cinq minutes à peine. Comment ça va ma chérie, tu es bien installée, l'hôtel est bien ? Je ne comprends pas pourquoi tu n'as pas voulu que je te réserve une chambre au Four Seasons qui vient d'ouvrir, il est magnifique, il a vue sur la mer, il aurait été parfait pour toi, qu'est-ce que tu fais dans le quartier Gauthier ?

– J'adore ce quartier, c'est le vrai Casa, tu le sais

très bien. Et dans mon hôtel, il n'y a peut-être pas la vue sur la mer, mais au moins, il y a de l'alcool.

Il éclate de rire.

– Comment tu sais que le Four Seasons n'a pas eu la licence ? C'est une histoire de fous, mais ça ne t'aurait pas fait de mal de boire du thé à l'apéro. Tu es venue seule ? Qu'est-ce qu'une femme comme toi fait seule ici, c'est du gâchis tu sais ? Je peux te trouver un mari si tu veux. Tu me dis, belle comme tu es, je te présente dix candidats demain.

– Non, t'es un amour Nour, mais vraiment, un mari, c'est la dernière chose que je cherche en ce moment. Je ne cherche pas un mari, je cherche une usine de confection textile qui tienne la route. J'ai besoin de faire fabriquer des prototypes, et peut-être une petite collection de vêtements. À Marrakech, il n'y a rien, mais on m'a dit qu'à Casa, je pourrais peut-être trouver. Tu as une idée ?

– Du textile à Casa ? Non, vraiment non. À Fez peut-être ? Ils sont vraiment bons en artisanat.

– Mais je ne cherche pas de l'artisanat, je cherche une usine textile. Il y a bien des fabricants ici à Casa, non ?

– Oui bien sûr, on devrait pouvoir trouver si tu veux faire des tee-shirts ou des choses comme ça.

– Je ne veux pas juste faire des tee-shirts. Je voudrais faire des jupes aussi, des pantalons, des vestes…

– Écoute, comme ça, je ne vois pas, mais pour

toi, tu sais bien que je vais chercher. Il doit y avoir, mais tu sais, c'est plutôt la Tunisie qui est spécialisée dans le textile, nous on n'est pas très forts là-dedans. Et ton frère, il arrive quand ?

– Après-demain.

– Ah formidable, j'ai réservé un super restaurant pour le soir de son anniversaire. Halima sera là, mon ami Younès aussi, ça va être une belle soirée tu vas voir, tu peux compter sur moi, il sera content !

– Inch'Allah.

– Allez, je commande le vin, du gris, ça te va ?

– C'est parfait.

Elle sourit. Et se dit que décidément, ses planètes ne sont pas alignées.

Le lendemain matin, elle se réveille avec le jour. Elle chausse ses baskets et part courir. Elle remonte jusqu'à la mosquée Hassan-II et s'arrête pour profiter du soleil qui se lève sur la baie, elle a l'impression d'aller chaque jour un peu mieux.

Pendant trois jours, elle découvre Casa, les souks, le quartier Racine, et surtout le quartier Gauthier. Elle a un immense coup de cœur pour ces rues où le temps semble s'être arrêté, les trottoirs pavés défoncés, cette ambiance surannée, traîne le long de maisons Art déco souvent abandonnées par les juifs partis s'installer en Israël ou ailleurs. Les fenêtres sont envahies par la végétation, les toitures s'écroulent, les crépis s'effritent, mais le charme saute aux yeux. Elle appelle les numéros délavés que l'on devine sur de vieilles pancartes posées là par des agents immobiliers il y a des années, prête à acheter, à tout plaquer, à s'installer ici pour fuir Paris. Tout est hors de prix.

– Madame, c'est un R+5 sur ce bien, ça veut dire que vous pouvez construire un immeuble de cinq étages, aucun acheteur ne veut garder la maison, il faut la raser et construire un immeuble de bureaux dessus, c'est ça qui explique le prix du terrain. Ce bien est destiné à un promoteur, c'est votre cas ?

Le dernier jour, elle part courir le long de l'océan. Elle enlève ses chaussures, l'eau froide la saisit. Du bout du pied, elle trace un M dans le sable.

Nous sommes le 17 juin 2016.

10

Elle est épuisée. Pourtant, elle a avancé. La phase d'élaboration du projet est terminée, c'est le moment de passer à la phase deux, d'aller chercher des partenaires financiers. Ce n'est pas ce qu'elle sait faire le mieux. Elle a pris rendez-vous avec un vieil ami qu'elle croise de temps en temps mais qui l'a toujours soutenue, un de ces mecs influents avec un carnet d'adresses long comme le bras. Rendez-vous est pris mercredi à dix heures trente. Il peut lui ouvrir des portes, la mettre en relation avec des gens qui ont les moyens de l'aider, son réseau et son influence sont immenses, tant à Paris qu'au Maroc. Elle a peaufiné sa présentation jusque tard dans la nuit, elle est sous pression, c'est la première fois qu'elle va exposer son projet à quelqu'un d'extérieur. Pas à un de ses amis qui trouve forcément ça bien, non, à un stratège qui va voir immédiatement si ça tient la route ou pas.

– Maman, tu m'as acheté mes chaussons pour la danse ?

– Merde, j'ai complètement oublié ma chérie, on ira samedi, d'accord ?

– Maman, j'en ai besoin pour mon cours de cet après-midi, je ne peux pas attendre samedi !

– Tu ne peux pas mettre une dernière fois les anciens ?

– Ils ont craqué maman, on les a jetés à la poubelle la semaine dernière. Si je n'ai pas mes nouveaux chaussons, je ne peux pas aller à la danse cet après-midi…

– Bon, va t'habiller, tu vas être en retard à l'école. Je vais passer chez Decathlon ce matin avant mon rendez-vous, ne t'inquiète pas, tu auras tes chaussons pour ton cours.

– Je t'aime maman.

– Moi aussi mon amour.

Elle dépose sa fille à l'école à huit heures vingt-cinq, part chez Decathlon avenue de Wagram. Elle a son rendez-vous rue de Tilsit à dix heures trente. L'avenue qui longe le parc Monceau est complètement bouchée. Cela n'avance pas. Elle regarde l'heure qui tourne, sent la pression monter. Elle refait le déroulé de sa journée dans sa tête, elle doit récupérer sa fille à onze heures trente à l'école. Si elle arrive en retard à son rendez-vous, elle ne sera pas à l'heure à l'école, mais il faut vraiment qu'elle s'arrête acheter les chaussons, elle mélange tout dans sa tête, les chaussons, le mec important, sa fille, la sortie de l'école, la danse à quinze heures, la voiture mal garée sur l'avenue, se dit qu'elle ne va jamais y arriver, monte quatre à quatre les marches jusqu'au premier étage, trouve l'allée « Danse », les chaussons juste là, après les tutus, cherche la bonne pointure, ne trouve pas, pose toutes les paires par terre, cherche le 34, ne trouve pas, regarde sa montre, a soif, et tout à coup, là, au premier étage du Decathlon de l'avenue de Wagram, pas très loin des Champs-Élysées, il est à peine neuf heures du matin, elle regarde les chaussons de danse étalés partout par terre sur l'horrible moquette verte, et elle s'effondre.

Plus tard, on lui dira qu'elle est tombée comme une marionnette dont on a subitement coupé les fils.

Elle se souvient qu'une dame lui a demandé si elle se sentait bien, qu'elle a répondu non, qu'elle est restée allongée par terre, que la vendeuse lui a apporté un verre d'eau, qu'elle s'est redressée pour s'asseoir sur le banc qui était au milieu de l'allée, qu'on lui a dit qu'elle était très pâle, qu'elle a dit « Il me faut absolument des chaussons de danse en 34 », que la vendeuse lui a dit « Oui oui, ne vous inquiétez pas pour ça, mais reprenez vos esprits d'abord, vous nous avez fait une peur bleue », qu'elle leur a dit que ça allait alors que ça n'allait pas du tout, qu'elle avait envie de pleurer, qu'elle n'arrivait pas trop à respirer, que son cœur battait la chamade, que le responsable du magasin avait demandé si elle voulait qu'ils appellent les pompiers, qu'elle avait répondu « Non sincèrement ce n'est pas nécessaire, je vais appeler quelqu'un, on va venir me chercher, mais il faut absolument que je paye les chaussons de danse en taille 34 », que la vendeuse lui avait dit « Non, ça n'a aucune importance », que l'autre dame lui avait demandé si cela lui arrivait souvent, qu'elle avait dit « Non c'est la première fois mais je crois que je suis un peu sous pression en ce moment », qu'elle avait juste eu assez de lucidité pour appeler Claire au bureau pour lui dire de venir la chercher au Decathlon de l'avenue de Wagram, que la dame lui avait demandé si son mari ne pouvait pas venir la chercher, qu'elle avait failli se mettre à pleurer, et puis finalement ça l'avait fait sourire, elle avait dit « Non j'ai une alliance mais pas de mari », elle se souvient qu'elle avait laissé Claire conduire parce qu'elle était incapable de prendre le volant, qu'elle avait quand même payé les chaussons en partant.

Et elle avait envoyé un message au mec très important et très influent en lui disant « Je suis vraiment désolée, j'ai un souci de dernière minute, je suis obligée d'annuler notre rendez-vous mais je vous rappelle très vite ».

C'est terminé. Il faudra attendre des mois, de longs mois, avant qu'elle parvienne, à nouveau, un matin, à mettre les clés dans le contact de la voiture, à poser les mains sur le volant et à redémarrer.

Nous sommes le 22 juin 2016.

11

C'est un grand riad aux murs ocre au fond d'un derb de la médina. On y arrive par Bab Doukkala, la porte de la vieille ville au bout du grand parking de la gare routière, tout au fond, après le marché. Il faut prendre la rue principale où il y a encore quelques échoppes, tourner plusieurs fois à gauche, puis à droite, on passe dans un petit tunnel sombre et c'est au fond à droite. Une porte laquée noire avec une plaque dorée. La piscine en zelliges verts occupe presque tout le patio, il y a juste quelques coussins décolorés à même le sol. L'eau est froide parce qu'elle n'est pas chauffée. L'électricité coûte cher au Maroc. Sur la terrasse, il y a quelques transats en fer forgé blancs un peu rouillés abandonnés avec des matelas qui ont fait leur temps, et une grande table en mosaïque pour prendre le petit déjeuner. Hassan a tendu deux câbles en acier de chaque côté. Dessus, on peut dérouler une natte en paille pour se mettre à l'abri du soleil.

Elle débarque, vide de tout et pleine de rien. Son

projet est fini, elle le sait. Dans l'avion, elle a effacé tous les dossiers « Projet Maroc » de son ordinateur. Elle va devoir accepter de se recentrer sur l'essentiel. Sa fille, son job qui lui permet de vivre confortablement. Ce n'est déjà pas si mal. Finalement, sa mère avait peut-être raison. Le matin, elle boit du thé à la menthe et fait semblant de lire en prenant le soleil. Isa et Nico sont arrivés avec les enfants, Antoine et les filles ne devraient pas tarder. Elle a loué une grande maison pour avoir sa tribu autour d'elle. Chaque jour, elle sort se perdre dans les ruelles, comme en convalescence. Elle marche un peu plus doucement qu'avant, de peur de tomber encore. Parfois, l'angoisse monte, sans vraiment de raison. Elle respire profondément, boit une gorgée d'eau et repart. Elle se sent fragile, pourtant elle n'a rien. Son médecin lui a fait faire une batterie d'analyses. « Tu es en pleine forme. » Mettre un pied devant l'autre est un effort. « Pars en vacances, quitte Paris, va prendre l'air loin d'ici, tu as juste besoin de t'aérer la tête. »

Elle a envie de pleurer du matin au soir sans parler des nuits passées à mater des séries pour éviter de penser à tout et surtout à lui. Elle enrage de se sentir en cage et de ne pas parvenir à changer de vie. Elle déambule entre la place des Épices et la place Jemaa el-Fna, passe rue Dabachi, tourne à gauche dans une petite ruelle ombragée désertée par les touristes. Sur la porte délabrée d'une échoppe, elle lit « Agence immobilière », en français et en arabe. Elle aperçoit deux petits vieux en djellaba à l'intérieur. Ils rentrent à peine de la mosquée, partagent un thé. Ils tiennent chacun dans leurs mains fripées une vieille canne en bois d'olivier. Ils la regardent entrer.

– Salam.

– Salam.

– Je cherche un riad à acheter dans le quartier, avec un peu de travaux mais pas trop. Vous n'auriez pas quelque chose ?

Ils se lèvent.

– Soyez la bienvenue mademoiselle, très jolie maison, pas loin d'ici, je peux te la montrer tout de suite si tu veux.

– Je vous suis alors, mais finissez votre thé je vous en prie, je vous attends dehors.

Elle sort, regarde les passants s'activer autour d'elle. Un homme essaie de faire avancer péniblement un mulet tirant une charrette remplie de ballots de laine, il y a la queue chez le boucher. Les morceaux de viande sont posés à même le comptoir en bois vermoulu, quelques mouches tournent autour. Elle devine les poulets encore vivants dans les caisses derrière. Une femme assise le long d'un grand mur ocre vend de la menthe dans un vieux panier.

– On y va mademoiselle ?

– Oui pardon, je vous suis.

– Et tu cherches ta maison depuis longtemps ?

– Depuis cinq minutes.

Dans le dédale de la médina, elle manque de les perdre dix fois. Ils ont grandi là, ils connaissent du quartier chaque raccourci. Elle se dit que s'ils l'abandonnaient, elle serait bien incapable de retrouver son chemin. Elle ne sait pas encore qu'un jour, elle aussi, elle connaîtra de cette médina chaque recoin. Ils arrivent au fond d'une impasse, mettent une grande clé dans une porte, la laissent passer. Un long couloir sombre mène à un patio. Une coursive qui s'effondre à moitié entoure le premier étage.

– On peut monter ?

– Oui, mais pas par cet escalier, c'est trop dangereux, viens par ici, il y a un chemin.

Au premier étage, elle passe de pièce en pièce. Les plafonds éventrés laissent entrevoir le ciel. Des oiseaux ont élu domicile dans l'enchevêtrement des poutres. Elle monte jusqu'à la terrasse, la vue sur la médina est superbe. Quelques palmiers émergent de la cour d'à côté. Elle regarde en bas. C'est une ruine.

– Combien le propriétaire en demande-t-il ?

– Un million quatre cent mille dirhams.

– C'est trop cher, ce n'est pas le prix. C'est une ruine, il n'y a rien à garder, tous les plafonds s'effondrent, et il n'est même pas titré.

– Le propriétaire en veut un million quatre cent mille dirhams. C'est une famille, il y a beaucoup d'héritiers. Il faut que chacun puisse toucher quelque chose.

– Je comprends, mais il ne vendra jamais à ce prix. Dites-lui que je lui propose neuf cent mille dirhams.

– Mademoiselle, soyez raisonnable, neuf cent mille dirhams, ce n'est rien pour cette maison.

– Mais ce n'est pas une maison, c'est une ruine. Il y a au bas mot cent cinquante mille euros de travaux. Je ne pourrai pas monter. Je vous laisse mon numéro, si le propriétaire se décide, appelez-moi.

Le lendemain, le propriétaire lui fait savoir qu'il refuse son offre. Mais la graine est plantée. Les trois jours qui suivent, elle appelle toutes les agences immobilières de la ville et visite treize riads. Le vendredi soir en fin d'après-midi, elle a rendez-vous place du Mourqf. Elle suit l'agent immobilier dans la rue commerçante, tourne à droite, puis à gauche, passe devant une mosquée. Ils s'arrêtent devant une porte en bois très basse. On entend du bruit à l'intérieur, quelqu'un vient, ouvre la porte, elle baisse la tête en passant pour ne pas se cogner, traverse l'entrée et arrive dans le patio. Elle est avec sa fille. Tout est blanc, de grandes voûtes qui rappellent l'Andalousie, une fontaine en zelliges au centre laisse échapper le bruit de l'eau qui s'écoule inlassablement. Trois chatons somnolent sur un vieux sofa, terrassés par la chaleur. Ils s'étirent mollement, ouvrent un œil. Sa fille prend le plus petit dans ses bras. D'habitude, elle ne la laisse pas caresser les chats de la médina, mais là, elle ne dit rien. Elle regarde. Elle ne sait pas pourquoi mais tout à coup, elle a les yeux embués. Des portes en bois majestueuses ouvrent sur les chambres, une cascade de fleurs roses dégringole le long des murs. Seul un gardien de nuit veille sur la maison. Les propriétaires sont repartis en Europe depuis plusieurs mois.

– C'est une très jolie maison, elle est saine, il n'y a pas beaucoup de travaux, juste un peu de décoration, les chambres à refaire peut-être.

– Oui oui.

– Je pense qu'elle correspond vraiment à ce que vous cherchez. Elle n'est ni trop grande ni trop petite, elle est bien placée, vous pouvez aller partout à pied.

– Oui oui.

– Et la terrasse est grande, c'est important ça les grandes terrasses parce que souvent dans les riads les terrasses sont petites.

– Oui oui.

– Pour le prix, je pense que l'on a une petite marge de manœuvre. Et les propriétaires sont prêts à laisser tous les meubles si cela vous intéresse. Ça peut être bien au début, cela vous éviterait de tout avoir à acheter.

Elle voudrait juste qu'il se taise. Elle voudrait qu'il s'en aille en fait. Il la dérange comme si elle était déjà chez elle. Elle regarde sa fille qui joue toujours avec les chats et elle lui dit :

– Ça te plaît ici, mon amour ?

– Seulement si on garde les chats.
Elle regarde l'agent immobilier et dit :
– J'achète. Avec les chats.

Nous sommes le 10 juillet 2016.

NEW YORK

1

C'est le printemps sur Montmartre. Les touristes reprennent le chemin de la basilique pour y déposer une bougie ou une intention, les manteaux sont de nouveau abandonnés dans les placards des entrées, les timides rayons du soleil réchauffent les terrasses que les troquets du quartier commencent à installer.

– Un peu plus à droite. Non, attendez, ce n'est vraiment pas au milieu là.

– N'oubliez pas qu'il y a le point à mettre à côté, si je mets le M au milieu, quand on ajoutera le point, l'ensemble sera de nouveau décentré.

– Vous avez raison, décalez le M un peu à gauche alors.

Elle traverse la rue, se retourne, regarde la façade.

– C'est bien là, allez-y, vous pouvez appuyer, c'est parfait.

Elle a toujours aimé les symboles. Le M collé au-dessus de la porte du nouveau local en est un. Ce n'est pas ce dont elle rêvait mais elle s'est faite à l'idée.

Elle a repris en main l'agence. Terminés les projets foireux qui s'effondrent dès qu'on les confronte à un principe de réalité, il faut parfois savoir apprécier ce que l'on a au lieu de toujours courir après autre chose. Elle veut bien se résigner, mais elle a quand même besoin de marquer cette nouvelle étape, comme pour tourner la page et passer à autre chose. Les symboles, toujours. Remonter la pente a été difficile. Petit à petit, elle s'est reconstruite, entre sa fille et cette nouvelle maison nichée dans la médina de Marrakech. Cela fait presque un an maintenant. Elle y a pansé ses plaies. Pendant de longs mois, elle n'a pas pu reprendre le volant de sa Fiat 500 qui est restée garée en bas de la maison. Et puis un matin, elle a remis la clé dans le contact. Elle a réussi à faire le tour du quartier sans être obligée de l'abandonner sur le bas-côté. Le lendemain, elle a été un peu plus loin, comme on réapprend à marcher après de longs mois immobilisé. La semaine suivante, elle a traversé la Seine pour aller jusqu'à Saint-Germain-des-Prés. Elle s'est garée dans une rue derrière l'église Saint-Sulpice, elle a marché un moment dans les allées du jardin du Luxembourg pour souffler avant de repartir et de retraverser Paris dans l'autre sens. Elle s'était dit qu'elle était guérie.

Tous les matins, elle passait devant ce local qui abritait il y a quelques années une agence d'événementiel qui a fait faillite. Cela devait bien faire trois ans maintenant. Les vitrines étaient recouvertes de vieilles pubs défraîchies malgré le panneau « Défense d'afficher » posé là par un agent immobilier ayant foi en l'humanité. Une pancarte « À louer » tenait encore comme par magie au-dessus de la porte d'entrée. Elle passa devant un matin, comme tous les autres matins, mais ce matin-là, elle sortit son portable, composa le numéro et s'entendit dire « Bonjour, je vous appelle au sujet du local à louer rue Lamarck, je suis intéressée, est-ce que je peux le visiter ? ».

Quelques minutes plus tard, elle poussait la porte des bureaux de l'agence.

– On déménage.

– Comment ça on déménage ? On va où ?

– Vous avez bien entendu. On déménage. Ça fait huit ans qu'on est ici, il est temps qu'on bouge.

– Mais le quartier est top, boss, on est bien là, on n'a pas très envie de bouger nous.

– Vous peut-être, mais moi j'en ai ma claque des murs gris de l'immeuble d'en face, de ne jamais voir le soleil, j'ai envie de voir la rue, le monde qui vit, les gens qui passent. Rassurez-vous, on ne va pas bien loin, on descend dix numéros plus bas, on passe du 44 au 54, je pense que vous allez trouver en vous une petite capacité d'adaptation qui va vous permettre de survivre à ce bouleversement considérable.

– Ah, si c'est juste dix numéros plus bas, ça va alors.

Le nouveau local est plus petit, mais lumineux. Les jours de beau temps, le soleil envahit la pièce grâce aux deux grandes vitrines qui donnent sur les escaliers qui grimpent vers la place du Tertre. Les vieilles dames du quartier lui ont raconté qu'il y a longtemps, avant que les commerçants de la rue ne jettent l'éponge, c'était une boucherie ici. Un peu après la guerre. Maintenant, c'est donc son agence de communication. Il va falloir se serrer un peu, sacrifier la salle de réunion. De toute façon, ils ne font jamais de réunions à part au bar d'à côté, elle trouve que c'est juste bon à brasser du vent.

– Franchement, c'est top ce M au-dessus de la porte. Mais ça veut dire que tu changes le logo de l'agence ?

– Je ne sais pas, je n'y ai pas vraiment pensé en fait. Je vais réfléchir. Le logo a dix ans, ça serait pas mal de lui donner un coup de neuf. Les codes ont changé, je voudrais abandonner le noir et le doré du logo actuel. Je vais prendre un créa pour réfléchir à une nouvelle charte graphique, c'est peut-être l'occasion de changer de nom, M. L'Agence, ce serait plus joli mais j'ai regardé, c'est déjà déposé, il faut que je trouve autre chose. Mais partir de la lettre M, cela me permettrait de décliner un jour pour faire autre chose tout en gardant une cohérence.

– Pour faire quoi d'autre ?

– Je ne sais pas, rien, mais on ne sait jamais.

– Et dans les deux vitrines, tu vas mettre quoi ?

– Des coussins, des bouquins, je vais créer une ambiance comme à la maison, c'est la grande mode. Aujourd'hui, pour attirer les jeunes consultants, il faut que les bureaux ressemblent à tout sauf à des bureaux, sinon ils ne viennent pas. Il faut qu'ils aient l'impression de s'amuser, de ne pas vraiment bosser. Si j'avais suffisamment de place, j'installerais un babyfoot, mais c'est vraiment trop petit.

L'électricien fixe les spots au-dessus des postes de travail, l'informaticien branche les huit ordinateurs et vérifie que tout est bien relié au réseau. Elle a mis sur chaque bureau des petites lampes qui diffusent une lumière tamisée, des étagères en bois avec quelques plantes qui retombent, des photos en noir et blanc de Marrakech sur le mur du fond, de jolies corbeilles à papier en métal doré. Il ne manque plus rien à part la machine à café.

– On a la première réunion de cadrage avec le syndicat d'experts-comptables mercredi prochain à quinze heures.

– Injouable, je ne suis pas là, il faut décaler d'une semaine.

– Ils vont faire la gueule, ils veulent qu'on lance la refonte de leurs outils de com le plus rapidement possible.

– Cela fait quinze ans qu'ils ont des outils de com ringards, ils devraient pouvoir attendre une semaine de plus, non ? Je pars à Marrakech toute la semaine, pas question que j'annule, surtout pour une urgence qui n'en est pas une. Si tu les écoutes, tout est toujours urgent, alors qu'hier, ils ne savaient même pas que cela existait. C'est la dictature de l'immédiateté. J'ai lu un très bon bouquin là-dessus, je vais leur offrir, ça les occupera pendant que je ne suis pas là.

– Ok c'est bon, je les appelle, je décale.

– Merci. Et tu vas voir, ça va bien se passer.

– J'ai déjà préparé une note de présentation de leur nouvelle newsletter, le fichier presse est prêt, la liste des petits déjeuners en one-to-one à caler en priorité aussi.

– Et ils vont raconter quoi aux journalistes pendant ces petits déjeuners ?

– C'était justement l'objet de la réunion.

– Mais ils ont une idée de ce qu'ils veulent dire ?

– Je ne suis pas sûr.

– Ok je vois le truc. Ils veulent être dans les médias mais ils n'ont rien à dire et c'est encore à nous de mettre de la confiture sur la tartine pour que les journalistes aient l'impression que ce sont des mecs super intéressants alors qu'ils n'ont pas un début d'analyse sur la situation économique, ça va encore être simple. Prévois un call la semaine prochaine sur l'élaboration des éléments de langage, je le ferai de Marrakech, et je bosserai sur des éléments à valider la semaine suivante quand on les verra. Sinon tout va bien, vous vous êtes habitués aux nouveaux bureaux ? Franchement, on est mieux que dans les anciens, non ?

– Franchement oui, c'est hyper agréable de voir

dehors. Il y a juste des gens qui entrent pendant la journée parce que, avec les coussins et les trucs que tu as mis dans les vitrines, ils pensent qu'on est une boutique de déco. C'est pénible, on est au téléphone avec un client ou un journaliste, et on est obligés d'arrêter pour expliquer dix fois par jour qu'on est une agence de com et non le nouvel AMPM. Il faudrait peut-être mettre un mot sur la porte.

Elle sourit.

– Ok, je vais mettre un mot.

Dans chacune des vitrines, elle pose une petite pancarte. Dessus, il est écrit « Chers passants, nous sommes une agence de communication. Nous ne sommes malheureusement pas une boutique ouverte au public. Les objets que vous voyez dans ces vitrines sont uniquement destinés à la décoration de nos locaux et non à la vente. Merci et bonne balade ».

Elle regarde les premiers avions décoller. Elle est encore arrivée en avance, il n'y avait personne à la douane, elle a près de deux heures à tuer. Elle boit un thé, fait dérouler son fil Instagram, regarde le jour se lever. Elle aime partir là-bas, il y a peu d'endroits où elle se sente aussi bien. Elle repense à la conversation qu'elle a eue la veille avec Eloi. Elle aussi, plusieurs fois, a été obligée d'expliquer que rien n'était à vendre, que ce n'était pas une boutique. Elle ouvre son ordi pour commencer à bosser sur les éléments de langage pour le syndicat des experts-comptables et envoie un e-mail à son banquier :

« Bonjour,
J'espère que vous allez bien.
Je vais peut-être avoir besoin d'une machine pour encaisser par Carte bleue au bureau. Je ne sais pas du tout comment cela fonctionne, mais pouvez-vous me dire combien ça coûte et si c'est facile à utiliser ?
Merci.
Bien à vous. »

Nous sommes le 5 mai 2017.

2

– Sana, tu es là ?

– Oui madame, j'arrive.

– Bonjour Sana.

– Bonjour madame. Vous avez fait bon voyage ?

– Oui, très bien. Je suis tellement contente d'être ici. Anne et Alexandra viennent dîner ce soir, tu peux nous préparer un tajine d'agneau, celui que tu fais avec les poires et les amandes ?

– Oui bien sûr madame. Madame, il y a le monsieur de la Radeema, il est venu pour le changement du compteur, et la climatisation de la chambre bleue est en panne, et il y a un spot de la piscine qui ne marche plus, et sur la terrasse il faut mettre quelque chose pour protéger la table du soleil sinon vous allez avoir trop chaud pour manger, et il y a aussi le mokadem qui est passé pour se présenter, il a demandé vous le rappelez, et la box elle arrête pas de plus marcher, il faudrait que vous alliez chez Maroc Telecom pour leur demander de regarder la ligne, et j'ai préparé le thé, tu veux le thé madame ?

– Avec plaisir Sana.

Elle monte à l'étage poser sa valise dans sa chambre. Elle entend les oiseaux. Un chat vient frôler sa jambe, elle le caresse distraitement, sort sur la coursive. Elle respire profondément, lève les yeux vers le bleu du ciel. À chaque fois qu'elle pousse la porte de cet endroit, elle est bouleversée par la beauté et la sérénité qui s'en dégagent, à quelques centaines de mètres seulement de l'effervescence du marché de la place du Mourqf. Les murs épais empêchent les bruits extérieurs de pénétrer dans ce paradis dédié au calme et à la rêverie. Elle avale son thé, enlève ses vêtements de Parisienne pour passer en mode été. Elle enfile un tee-shirt de coton léger, sa jupe en jean, des sandales, et part déambuler dans les ruelles. La to-do list à rallonge de Sana attendra.

– Ne m'attends pas pour le déjeuner, je rentrerai dans l'après-midi. Tu as besoin que je rapporte quelque chose ?

– Non madame, ça va, j'ai fait les courses pour le dîner déjà.

– Je prends juste de la chebbakia pour aller avec la salade de fruits alors.

– D'accord madame, à tout à l'heure.

– À tout à l'heure Sana.

Elle a mis quelques semaines à se repérer dans ce

dédale où chaque ruelle ressemble à une autre, mais maintenant, elle se sent ici chez elle. Elle se repère facilement dans la médina, même s'il est impossible d'en connaître chaque recoin ou raccourci, mais les vendeurs des échoppes ne la prennent plus pour une touriste. Ils la saluent en voisine : *« Salamalikoum, labès la Marrakchia ? Labès, hamdoulah. »*

Elle aime le bruit du muezzin tôt le matin, l'air encore frais quand elle monte sur le toit admirer le soleil qui se lève, les sommets de l'Atlas au loin, ses chats qui glissent entre ses jambes pour voler une caresse, les odeurs qui s'échappent de la cuisine quand le tajine mijote, les djellabas des hommes qui frôlent le sol et soulèvent la poussière apportée par le Chergui, le vent qui vient du Sahara, les crêpes mille-trous avec le miel dessus, le sourire des gens. Quand elle a décidé d'acheter, combien lui ont dit qu'elle était folle, que ce n'était vraiment pas raisonnable pour une femme seule d'acheter une maison dans ce pays, que les travaux allaient durer une éternité, qu'elle n'irait jamais dans ce riad, qu'elle allait se faire avoir, et puis, qu'est-ce qu'elle allait faire seule là-bas ? Elle avait réappris à vivre.

– *Labès* ?

– *Hamdoula*. Et toi Nour Eddine, *labès* ? Dis-moi, je voudrais faire faire des paniers brodés, mais je ne sais pas comment les rapporter à Paris ? Dans l'avion, j'ai peur qu'ils refusent que je les mette en soute, et en cabine cela ne passera pas non plus.

– Combien tu en veux ?

– Je ne sais pas, une quinzaine. Je ne sais pas trop ce que je vais en faire, j'ai juste une idée que je voudrais tester comme ça.

– Et tu veux quoi dessus ?

– Je veux la même forme que celui que j'ai fait faire pour le riad, avec les grandes anses en cuir et un pompon noir, et je voudrais brodé « Parisienne forever » ou « Montmartre mon amour » sur le devant.

– Moi, je peux te les faire et te les faire livrer chez toi à Paris, pas de problème. C'est vingt-cinq dirhams le kilo le transport.

– Super. Et je peux avoir une facture ? Parce que c'est pour mon agence de com à Paris.

– Je peux te faire un bon avec un tampon dessus.

– Ok. Faisons comme ça alors. Tu peux m'en faire un déjà que je puisse le prendre en photo à la maison, et les autres tu me les envoies à Paris ?

– D'accord, je te livre un panier de chaque modèle chez toi demain au riad. Vers neuf heures, ça te va comme ça ?

– Parfait. *Choukran. Beslama.*

– *Beslama.*

Le ronronnement de la moto envahit le derb peu après neuf heures. L'artisan passe la porte, un énorme sac bleu dans les bras.

– Je t'en ai fait plusieurs sortes, avec plusieurs écritures pour que tu puisses choisir.

Elle met le panier sur son épaule et se regarde dans le miroir.

– Nour Eddine, ils sont vraiment trop beaux, je suis trop contente. Tu m'en fais une vingtaine de chaque ? Tu penses qu'ils arriveront à Paris quand ?

– Je peux te les faire partir à la fin de la semaine prochaine Inch'Allah. Tu les auras la semaine d'après.

– C'est parfait.

Elle envoie un e-mail à son banquier pour lui confirmer qu'elle a besoin d'une machine à Carte bleue et que ce serait sympa s'il pouvait passer au bureau lui montrer comment ça fonctionne. Elle a bien conscience qu'elle ne va pas lancer un business juste avec des paniers. Elle ouvre une bière, et dans la barre de recherche Google, elle tape « Salon Maison & Objet ». Sa mère lui en a parlé, elle y va chaque année, cinq jours et des milliers de stands de fabricants spécialisés dans la décoration d'intérieur. Sur le site, ils annoncent les dates de la prochaine édition qui doit avoir lieu en septembre. Elle clique sur « Commander son badge d'entrée ». Il est temps qu'elle aille voir à quoi cela ressemble.

Elle repart dans les souks avec pour la première fois un regard différent, à l'affût. Elle regarde chaque échoppe comme si elle ne l'avait jamais vue auparavant, se demande ce qui pourrait aller dans un appartement parisien, ce que l'on pourrait détourner, faire fabriquer. Elle n'achète pas, mais dans un coin de sa tête elle commence à dresser des listes.

Quelques jours plus tard, elle est de retour à Paris. Devant l'agence, sur le trottoir, elle installe un porte-manteau et accroche ses paniers. Sur un papier collé au mur avec du scotch, elle écrit au crayon à papier « 39 euros ». Sur Instagram, elle poste une photo du terminal de Carte bleue flambant neuf qui trône sur une petite table à côté de l'entrée et en guise de légende elle écrit : « Ce jour où tu encaisses la première Carte bleue de ta vie. »

Nous sommes le 8 juin 2017.

3

Cela fait deux jours qu'elle arpente les allées du Parc des expositions de Villepinte. C'est la première fois qu'elle découvre ce rendez-vous mondial de la décoration et de l'ameublement. Elle n'a pas les codes, n'a pas pris de carte de visite. En même temps, ses cartes sont celles de directrice d'agence de communication, cela ne lui aurait pas servi à grand-chose. Elle essaie de comprendre comment ça marche, échange timidement avec les exposants qui lui demandent si elle a une boutique ou un site de vente en ligne. Quand elle répond du bout des lèvres que non, elle n'a rien de tout cela, elle se renseigne juste, ils tournent les talons pour s'occuper d'acheteurs plus intéressants. Elle note sur un petit carnet le nom des marques qui lui plaisent, les numéros des allées pour pouvoir les retrouver. Elle veut d'abord tout voir, ne pas se précipiter, le salon dure cinq jours, elle veut prendre son temps avant de se décider. Elle arpente les stands de linge de maison, de mobilier, de gadgets, elle hésite, elle ne sait pas très bien ce qu'elle voudrait, elle a l'impression qu'elle a déjà tout vu, mille fois, partout. Elle ne perd pas son temps, elle apprend. Les stocks, les délais, les minimums de commande, les marges, les prix de vente conseillés, les fournisseurs qui ne veulent pas de nouveaux distributeurs, elle est intimidée, pas à sa place. Sur les stands, on boit du champagne, on s'embrasse, on se connaît, on se croise ici deux fois par an depuis vingt ans. Elle se faufile, observe et commence à construire son univers. Le dernier jour, elle reprend son carnet et retourne dans les stands qu'elle a choisis. Elle claque trente mille euros dans la journée. Dans la voiture sur le chemin du retour, elle a un peu le tournis.

– Mais tu vas mettre ça où ? T'es dingue ou quoi ?

– Je ne sais pas, dans ma cave.

– Dans ta cave ? Chez toi ? Tu vas mettre trente mille euros de marchandises dans ta cave de six mètres carrés qui est déjà remplie de paniers ? T'as pris de la drogue en fait, c'est ça ?

– Non, je ne sais pas, je vais trouver une solution, j'ai le temps, rien n'est livré avant la fin du mois. J'ai dit que je confirmerais l'adresse de livraison la semaine prochaine. Au pire, je louerai un entrepôt quelque temps. On m'a parlé d'un truc où tu peux louer des box un mois, deux mois, six mois, le temps que je m'organise. Au pire, je vais faire ça.

– Tu aurais pu y penser avant, non ?

– Oui j'aurais pu. Mais je n'y ai pas pensé avant. J'y suis allée pour voir, et je me suis laissé embarquer. Je vais lancer un site Internet, ça va le faire, je vais l'écouler ce stock, j'en suis sûre.

– Si tu le dis.

Tout l'été, elle a réfléchi à la nouvelle direction que prenait sa vie. Après les paniers, tous vendus en quelques jours, elle a commencé à rapporter de ses allers-retours marocains quelques tapis qu'elle s'est mise à vendre sur Instagram, des plaids en coton, des poufs en cuir et autres babouches à pompons. L'idée que finalement ce projet abandonné était en train de renaître sans crier gare faisait peu à peu son chemin. Elle avait encore du mal à voir clairement où elle allait, mais l'idée prenait corps, même si son comptable, entre mille autres personnes toutes bien intentionnées, l'avait mise en garde :

– Il faut que vous fassiez attention. Les consultants qui travaillent chez vous ne sont pas là pour faire de la vente. S'il y en a un qui vous traîne aux prud'hommes, vous allez avoir des ennuis.

– Mais ils continuent leurs missions, leur travail n'a pas changé.

– Oui, mais ils ne sont pas censés travailler entourés de paniers et encore moins encaisser des articles, même occasionnellement quand vous n'êtes pas là. Ce n'est pas dans leur mission. Vous êtes vraiment borderline.

– De toute façon, les choses vont se décanter d'elles-mêmes. J'ai un consultant qui veut partir en rupture conventionnelle pour se mettre à son compte, une deuxième qui vient de démissionner pour partir rejoindre son fiancé à Marseille, et je ne vais pas les remplacer pour le moment.

– Mais comment allez-vous maintenir l'activité si vous réduisez les effectifs ?

– Je vais absorber pendant quelque temps leur charge de travail, il me reste deux consultantes qui sont en CDD jusqu'à la fin de l'année. Cela me laisse du temps pour m'organiser.

– C'est vous qui voyez, mais méfiez-vous. Votre agence marche bien, mais tout repose sur vos épaules. Si vous êtes moins investie, cela peut vite s'effondrer.

– Je sais, je sais. Je suis prudente. J'ai juste de nouvelles opportunités qui s'ouvrent et je ne voudrais pas passer à côté.

– Enfin, je dois quand même vous dire que vous lancer dans une boutique de déco, ce n'est pas très raisonnable. Vos locaux sont charmants, mais vous n'êtes pas dans une rue commerçante, vous n'avez pas de passage et c'est un secteur en crise. Il y a une différence entre vendre quelques paniers aux mamans qui montent chercher leurs enfants à l'école et faire tourner une activité.

– Merci pour vos encouragements.

Son site Internet est sa nouvelle obsession. Elle bosse dessus nuit et jour. Le soir, elle s'occupe de sa fille, et dès qu'elle la couche, elle se remet à son bureau jusqu'à pas d'heure. Elle gère de moins en moins l'agence, des clients commencent à se plaindre, d'autres lui disent l'avoir vue en train de vendre des tapis marocains sur Instagram et lui demandent si c'est bien elle ou si c'est une erreur. Elle tente de les rassurer en leur promettant qu'elle fait ça à ses heures perdues alors qu'elle y passe de plus en plus de temps.

Il est sept heures du matin. Le réveil sonne. Elle est toujours sur son canapé en train de checker les bugs, les mauvais prix, les photos qui plantent, celles qui se mettent à l'envers. Elle n'a pas dormi. Il y avait longtemps qu'elle n'avait pas fait une nuit blanche. Elle essaie de se rappeler à quand remonte la dernière. Elle prépare au radar le petit déjeuner, met la table, grille le pain, cherche le miel, il n'y a plus de miel, sort la confiture, va réveiller Milly en l'embrassant dans le cou, lui prépare sa tartine, se brûle avec son thé, entend son portable biper :

« C'est bon ? on peut mettre en ligne ? »

Elle répond :

« Ce n'est pas parfait mais ça va le faire, vous pouvez y aller. »

Le site Internet de sa boutique est lancé. Elle passe sous la douche, reste de longues minutes sous l'eau chaude qui la brûle. Elle l'a fait. Elle pensait qu'elle n'y arriverait jamais. Elle compte sur les cinq mille fans de déco qui la suivent sur Instagram pour amorcer la pompe. Elle entend les bips des commandes qui tombent sur son ordinateur resté allumé dans l'entrée. Mais l'urgence n'est pas là. Elle enfile un tailleur, des escarpins, et file à L'Esplanade pour un petit déjeuner avec le président de l'association des experts-comptables. Elle se demande quand elle pourra enfin arrêter cette double vie, elle va finir par devenir folle.

Nous sommes le 16 novembre 2017.

4

C'était en février 2008. Je devais reprendre mon job de conseillère en communication de Roselyne Bachelot, alors ministre de la Santé. Ma fille avait quatre mois. C'était quelques jours avant la fin de mon congé maternité. J'avais trouvé la nounou, un nouveau cartable. Le facteur a sonné, lettre recommandée. J'étais virée. Comme ça. Sans prévenir. On m'avait remplacée. Il ne fait pas toujours bon être enceinte quand on bosse en politique.

Je suis descendue chez la voisine chercher une clope, plus d'un an que je n'avais pas fumé. Ma fille dormait dans son couffin. Qu'est-ce que j'allais bien pouvoir faire ?

Quelques heures plus tard, Bernard Laporte m'a appelée. Il était ministre de la Jeunesse et des Sports. Il m'a dit « Cette salope de Roselyne, elle t'a virée ? T'inquiète pas, si tu te mets à ton compte, je te fais un contrat, j'ai besoin de quelqu'un comme toi ». Mon agence de communication était née.

Le chiffre d'affaires n'a cessé de monter, le nombre de salariés aussi. Je me suis dit qu'un jour, Bachelot payerait pour cette escroquerie de virer des femmes à un retour de congé mat en se drapant à la télé dans ses jolis habits de féministe et j'ai avancé. Et ça a marché. Elle, elle n'a jamais payé. Comme quoi, il n'y a pas toujours de justice.

J'ai adoré ces années, les clients qui m'ont fait confiance, les consultants que j'ai embauchés, oublié ceux que j'ai virés, j'ai appris, géré, développé, monter une boîte, la faire grandir, embaucher, j'ai adoré ça.

Près de neuf ans plus tard, cette aventure s'arrête donc là. On vient de vider les locaux, j'ai du mal à retenir mes larmes parce que quand même, putain c'était bien.

Je n'ai pas de regrets. J'ai plein de rêves. Mais je n'oublierai pas tous ceux qui m'ont permis de faire tourner cette jolie boîte pendant toute ces années.

Elle ferme l'agence. Et saute dans le vide.

Nous sommes le 23 décembre 2017.

5

Elle est rentrée depuis quelques jours seulement de Marrakech. Ils sont tous partis fêter comme chaque année le passage à la nouvelle année. Ça fait plus d'un an maintenant qu'elle a fermé son agence et que le site est lancé, quelques mois qu'elle a déménagé la boutique dans un local bien plus grand dans le 9e arrondissement. Les choses se sont installées. Même si rien n'est gagné, les nuits blanches se font de plus en plus rares, et elle commence à faire de nouveaux projets. Elle a digéré son chagrin jusqu'à se convaincre que c'était sans doute mieux comme ça. Elle a accepté de ne jamais savoir pourquoi il est parti, elle a appris à vivre avec. Elle a accueilli dans son lit un ou deux amants sans importance, rien qui ne puisse briser son cœur tout juste guéri. Elle se sent bien, elle a enfin l'impression de retrouver sa joie de vivre.

– C'est adorable à vous d'avoir pensé à moi. Même si notre nouvelle boutique parisienne marche bien et que l'entreprise est en pleine croissance, nous sommes encore tout petits. Mais c'est vrai qu'ouvrir à New York est un de mes rêves.

– C'est pour cette raison, chère madame, que nous souhaiterions vraiment que vous participiez à ce dîner. Plusieurs Français vivant ici à New York nous ont signalé vos ambitions, que vous racontez sur Instagram si je ne me trompe pas. C'est bien cela ?

– Oui tout à fait. En fait, j'ai créé M. il y a à peine deux ans. Vivre à New York a toujours été un rêve, mais je travaillais jusqu'à il y a peu dans la communication, c'était sincèrement impossible. Avec cette nouvelle aventure, je n'irai pas jusqu'à prétendre que cela me paraît facile, mais disons que ça ne me paraît pas complètement impossible. Je commence depuis quelques mois à regarder de loin comment installer une boutique à Manhattan, je suis sûre que cela pourrait marcher, mais j'ai l'impression d'être minuscule devant une montagne inatteignable.

– Mais chère madame, c'est tout à fait compréhensible. Nous avons, vous le savez peut-être, des programmes pour accompagner les entrepreneurs français qui souhaitent s'installer sur le territoire américain. Nous pouvons vous mettre en relation avec des investisseurs, avec des juristes et avec des entrepreneurs qui ont suivi ce même parcours et qui sont toujours enchantés de partager leur expérience. Nous organisons des dîners mensuels, ici, au consulat, qui réunissent une dizaine de personnalités du monde économique sur une thématique particulière. À l'occasion de la Journée internationale des droits des femmes, nous organisons le 8 mars un dîner exclusivement féminin, avec une quinzaine de femmes françaises qui ont toutes monté un business de ce côté-ci de l'Atlantique. Si jamais vous êtes à New York à ce moment-là, nous serions enchantés de vous compter parmi nous.

– Ce serait avec grand plaisir. Vous pouvez compter sur moi, je pense qu'il est temps que je commence à me construire un réseau. Je serai là.

– Parfait, alors nous vous attendons le 8 au consulat à vingt heures. Je vous envoie d'ici la fin de la semaine l'ensemble des informations que nous avons évoquées par mail et les contacts des différentes personnes dont vous pouvez prendre l'attache, ici, à New York.

– Merci beaucoup pour votre aide. À très bientôt alors.

– Belle journée à vous chère madame.

Elle dépose sa fille au collège, le taxi l'attend en bas de la rue pour la conduire à l'aéroport. Elle prend le vol Air France de dix heures vingt, arrivée à douze heures cinquante-sept à l'aéroport John F. Kennedy.

La longue file de taxis jaunes s'étire devant le terminal des arrivées internationales. Elle n'a pas de valise, un simple sac de voyage dans lequel elle a glissé une chemise blanche, une brosse à dents et son parfum. Elle passe à l'hôtel récupérer la clé de sa chambre, pose son sac et file se balader. À chaque fois qu'elle vient dans cette ville, elle ressent la même fascination face à cette architecture démesurée, cette énergie indescriptible qui se dégage. Elle descend vers SoHo, arpente les rues les plus commerçantes, rêve devant les vitrines des boutiques à louer, prend quelques numéros pour appeler, histoire d'avoir une idée des loyers. Elle sait qu'ici, tout va plus vite qu'ailleurs. Les ascensions comme les chutes. Elle passe faire un tour au Chelsea Market, s'arrête devant les quelques boutiques qui vendent de l'artisanat marocain, rien de comparable avec ce qu'elle voudrait faire. Remonte sur Madison, s'arrête prendre un thé chez Dean & DeLuca, jette un œil à sa montre, il est temps de repasser à l'hôtel se préparer si elle ne veut pas être en retard.

Il est deux heures du matin en France lorsqu'elle arrive devant le numéro 934 de la Cinquième Avenue. La grande maison de pierres blanches, qui arbore fièrement le drapeau français et le drapeau européen, l'intimide. Un portier lui ouvre la porte en la saluant d'un mouvement de tête, elle réprime un bâillement, ce n'est pas le moment. Elle respire profondément pour canaliser son stress. Elle a mis un jean, une chemise blanche, ses Golden Goose qu'elle ne quitte pas. Elle se demande si elle n'aurait quand même pas dû choisir une paire d'escarpins plutôt que des baskets, mais c'est trop tard pour se poser ce genre de question existentielle. Cela fait trois ans qu'elle a décidé de ne plus se plier aux codes en vigueur qui exigent qu'une femme qui fait du business soit forcément perchée sur des talons de douze, ce n'est pas le moment de tout remettre en question.

– *Hey mam, may I have your name please ?*

Elle n'ose pas répondre en anglais, effrayée par son mauvais accent, tend son carton d'invitation.

– *I'm invited by the economic advisor for a special Women's Day diner I think.*

– *Sure, let me introduce you. Follow me please, Mr. Bourgeois is waiting for you.*

Elle le suit dans les couloirs de l'hôtel particulier jusqu'au petit salon. Une dizaine de femmes sont déjà en pleine conversation, quelques coupes de champagne circulent, elle voudrait se terrer dans un trou de souris ou se cacher sous l'épais tapis pour que personne ne la voie ; mais elle n'a pas fait tout ce chemin pour renoncer maintenant. Un homme la regarde. Il est grand, brun, élégant dans un costume sombre. Il s'avance vers elle avec un sourire.

– Bonsoir. Sans vouloir faire de la psychologie de comptoir, je crois déceler une certaine appréhension dans votre regard. Ne craignez rien, la bienveillance est le mot d'ordre de cette maison, vous êtes ici chez vous.

– Merci. Je vous avoue que je ne suis jamais très

à l'aise dans ce genre de réunion. J'ai une préférence pour les petits comités. Mais étant venue spécialement de Paris, ce serait dommage de rebrousser chemin.

– Il n'est pas question que je vous laisse repartir aussi vite. Alexandre Castres, enchanté, appelez-moi Alexandre. Je suis porte-parole de la mission française aux Nations unies. Je maîtrise parfaitement les us et coutumes de ce genre de petite sauterie. Permettez-moi d'être votre chaperon pour ce soir. Vous aurez juste à me suivre, je vais vous présenter à notre noble assemblée.

Elle le suit, salue, sourit, répond docilement aux questions des femmes qui sont là. Toutes vivent à New York. Certaines ont suivi leur mari expatrié, d'autres sont venues monter un business, dans la boulangerie, les new techs, les services ou le design. Elles sont souriantes, agréables, et manifestement ravies d'avoir des nouvelles de France. Elle devine dans leurs mots une certaine nostalgie du pays, mais toutes ont un attachement manifeste pour leur terre d'accueil.

– Vous voulez ouvrir une boutique ici ? Quelle bonne idée ! En dehors des grandes chaînes américaines, il n'y a pas grand-chose. Quelques concept stores à Brooklyn, mais à Manhattan, c'est le désert !

– Vous verrez, une fois que vous aurez un visa, monter une société ici est d'une simplicité enfantine. C'est l'histoire de quelques clics. Le plus compliqué, c'est de décrocher son visa, mais je connais une très bonne avocate, c'est une Française, elle est installée depuis une vingtaine d'années dans la Silicon Valley. Elle connaît les arcanes de l'administration américaine par cœur, elle pourra vous aider.

Toutes sont sincèrement à l'écoute, prêtes à lui donner un coup de pouce, sans arrière-pensée. Elle se fond petit à petit dans cette petite communauté qui l'accueille à bras ouverts, et elle sent un regard posé sur elle qui ne la quitte pas. Il est là, l'observe avec un sourire amusé, la laisse faire, en se tenant toujours un peu en retrait, mais pas trop loin au cas où elle aurait besoin de lui. Il passe à côté d'elle, s'approche de son oreille et lui murmure discrètement :

– Vous vous en sortez à merveille, elles vont vous adorer, votre fraîcheur fait du bien. J'ai regardé le plan de table, nous sommes un peu éloignés mais si vous avez besoin de quoi que ce soit, faites-moi un signe et je serai là.

Le consul de France les invite à rejoindre la salle à manger pour passer à table. Les plats s'enchaînent, elle sent la fatigue l'envahir. Parfois, elle jette un coup d'œil discret dans sa direction et elle croise son regard. Appuyé. Intrigué. Cela fait plusieurs mois qu'elle a arrêté de voir Marc, leur histoire ne menait nulle part, il attendait tout, elle ne voulait rien, et elle l'aimait trop pour le blesser. De longs mois sans une main sur sa peau, sans l'excitation des sens, elle le regarde à l'autre bout de la table et sent le désir envahir le bas de son ventre.

– Et à Paris, votre boutique est installée dans quel quartier ?

Sa voisine la relance.

– Nous sommes à Pigalle. Nous étions à Montmartre au départ, mais la boutique était vraiment trop petite, nous avons déménagé il y a près de deux ans maintenant et je vous avoue qu'il nous faudrait quelque chose d'encore plus grand mais les prix sont tels que c'est compliqué pour les indépendants. Seules les grandes enseignes peuvent aligner des sommes aussi conséquentes !

– C'est terrible, c'est la même chose ici. Je trouve ça horriblement triste, maintenant, où que vous alliez, vous avez le sentiment d'être dans la même ville, avec les mêmes marques, les mêmes vitrines, comme si le monde entier s'était uniformisé. À New York, les loyers sont si chers que les boutiques à peine ouvertes baissent le rideau.

– C'est effectivement ce que l'on m'a dit. D'autant que j'aimerais beaucoup que l'on puisse s'installer du côté de l'Upper East Side et je crois que ce n'est pas le quartier le moins cher.

Il la regarde toujours avec le même sourire au coin des lèvres, amusé.

– Effectivement, mais il faut que vous soyez près de votre clientèle. Personne ne traverse Manhattan pour aller acheter un coussin à l'autre bout de la ville. Vous avez prévu un système de livraison à domicile ? Car les New-Yorkais détestent porter leurs paquets et être chargés. Ici, ils achètent et vous demandent de tout livrer dans la soirée chez eux, les portiers des buildings sont devenus des bureaux de poste à eux tout seuls !

– J'ignorais ce détail, c'est effectivement bon à savoir. Je vous avoue que nous n'en sommes pas encore là mais j'espère que cela viendra. Pour le moment, j'essaie déjà de monter un business plan et de savoir comment je peux obtenir un visa. C'est la première fois que je suis confrontée à ce problème, c'est un sentiment très particulier de ne pas pouvoir vivre où bon vous semble. Je sais maintenant ce que ressentent les citoyens marocains qui font la queue aux aurores devant le consulat de France à Marrakech dans l'espoir d'obtenir le précieux sésame. Je ne suis vraiment pas sûre d'y parvenir.

– Mais si, soyez confiante, si vous êtes bien accompagnée, je suis certaine que vous allez y arriver. Il faut juste monter un bon dossier.

Elle a envie de plaquer ces mondanités qui s'éternisent et de le kidnapper pour aller siroter des cocktails jusqu'au bout de la nuit dans un bar de Williamsburg.

Tout le monde est sur le départ, le portier apporte les manteaux, on s'embrasse et on promet de se revoir très vite. Une femme blonde d'une élégance subtile s'approche de l'organisateur de la soirée.

– Monsieur le consul, cette soirée était délicieuse, comme chaque fois d'ailleurs, vous savez incontestablement recevoir comme personne. Vous devriez organiser ces rencontres entre femmes plus souvent, c'est vraiment un plaisir.

– Je vais y penser chère madame, je vais y penser. C'était un plaisir partagé bien sûr.

Elle se tient légèrement en retrait. Il se dirige vers elle.

– Mademoiselle, ce fut un plaisir. Si je peux vous être d'une quelconque aide, n'hésitez pas, je vous laisse ma carte. Et si vous repassez par New York, je ne vous pardonnerai pas de ne pas me le dire.

Elle le regarde, prend la carte, la glisse doucement dans la poche arrière de son jean.

– Vous allez trouver cela un brin cavalier mais je m'en voudrais de ne pas vous poser la question. Quand repartez-vous pour Paris ?

– Demain après-midi.

– Voulez-vous que je vous dépose à votre hôtel ? Ma voiture attend dehors.

– C'est très gentil, mais je crois que l'on m'a appelé un taxi. J'adore traverser New York seule la nuit.

– Je le regrette, mais je vous comprends. J'habite ici depuis cinq ans et je crois que je ne m'en lasse pas non plus. Alors il ne me reste plus qu'à espérer que vous nous ferez le plaisir de revenir nous voir.

– Ce n'est pas impossible.

Le portier lui adresse un discret signe de la main.

– *Your cab is here, he is waiting for you Miss.*

– *Thanks, I'm coming.*

Elle lui tend la main sans un mot. Il la serre sans la lâcher des yeux.

– À bientôt ?

– À bientôt.

Elle remonte le col de son manteau pour se protéger du froid, ouvre la portière, se retourne furtivement, croise une dernière fois son regard, s'engouffre dans la voiture.

– *Hi. 210 West, 55th Street please.*

– *Yes m'am.*

La voiture descend la Cinquième vers Downtown. Elle peut enfin souffler. La soirée a été éprouvante. Elle déteste les mondanités, elle ne s'y sent pas en sécurité. Elle en connaît pourtant les codes, mais cette façon d'être en représentation, de devoir jouer un rôle, l'oppresse. Elle prend la fatigue du jet-lag en pleine gueule. Elle repense à son regard sur elle, qui ne l'a pas lâchée. Les lumières des buildings défilent, le taxi continue de traverser la ville. Elle sort la carte de visite de la poche arrière de son jean.

Alexandre Castres
Speaker
French Representation
United Nations
New York
U.S.A.

Elle prend son portable et écrit :

« Dîner vendredi soir 21 heures ? Je vous laisse le choix de l'endroit. »

Son portable vibre.
– Je croyais que vous repartiez demain pour Paris ?
– Qui vous a dit le contraire ?
– Et vous allez revenir vendredi ?
– Seulement si vous dites oui.
– Vous êtes décidément surprenante. J'espère que la traversée de la ville de nuit fut à la hauteur de vos attentes. Je m'occupe du restaurant. Faites de beaux rêves, et bon vol.
– Belle nuit à vous.

Plus tard, il lui avouera qu'il ne l'avait pas crue. Dans son monde à lui, personne ne fait un Paris-New York pour un dîner.

Dans son monde à elle, si.

Une fois arrivée dans sa chambre d'hôtel, elle a ouvert le robinet de la baignoire pour se faire couler un bain très chaud. Elle s'est connectée au site d'Air France, a cliqué sur Ville de départ, a choisi Paris, Ville d'arrivée, New York, Date de départ, vendredi 13 mars 2019, Date de retour, dimanche 15 mars 2019. Elle a sorti sa Carte bleue et a réservé un siège hublot sur le vol Delta Airlines de dix heures vingt, arrivée à treize heures cinquante-sept. Largement suffisant pour être à l'heure pour dîner.

Il avait réservé une table pour vingt heures au Locanda Verde, un restaurant italien de Tribeca. Cette semaine-là, ils ne se sont pas écrit d'autres messages, sans doute parce qu'ils avaient envie d'imaginer cette rencontre improbable sans entrer dans la course frénétique aux sms ponctués de smileys qu'ils auraient pu comme tout le monde s'envoyer du matin au soir, mais ils sentaient l'un et l'autre que cette histoire valait peut-être mieux que ça. Alors ils ont préféré se laisser le temps de la rêver.

Elle a mis une petite robe noire fluide un peu courte avec un col rond et des manches ballon. Elle s'est dit qu'une robe n'est jamais trop courte. Elle a choisi des escarpins noirs qu'elle avait achetés dans son ancienne vie, de longues boucles d'oreilles qui descendaient le long de sa nuque, là où elle a déposé une goutte de son parfum, La vie est belle de Lancôme. Elle a emporté une pochette en cuir, noire aussi, et elle s'est maquillée. Cela faisait longtemps qu'elle ne s'était pas préparée pour un dîner.

Elle est entrée dans le restaurant peu après vingt heures, elle espérait qu'il serait déjà là et en même temps elle avait très peur de ne pas le reconnaître. Elle l'a reconnu tout de suite. Il était sur la banquette, à gauche en entrant. Il l'attendait, son genou sous la table bougeait nerveusement, lui qui paraissait pourtant tellement à l'aise n'importe où et n'importe quand.

Elle est entrée et elle a croisé son regard. Pendant un instant, fugace, elle y a lu la surprise. Mais en fait, elle a vu surtout qu'il la trouvait belle.

Nous sommes le 8 mars 2019.

6

Il habite dans un grand appartement avec d'immenses fenêtres à la new-yorkaise qui donnent sur les arbres et les jolis immeubles en briques alignés de l'autre côté, à quelques blocs de Central Park. Elle y entre pour la première fois le vendredi 13 mars peu après minuit. En sortant de leur premier dîner, il lui a juste demandé « Chez moi ou à ton hôtel ? ». Elle a répondu sans une once d'hésitation « Chez toi ».

Il a hélé un cab qui passait, lui a tenu la portière pour qu'elle puisse monter la première, et il a donné son adresse au chauffeur. Il a pris sa main abandonnée sur la banquette en skaï, l'a laissée regarder les lumières des buildings qui défilaient parce qu'il sait qu'elle aime regarder les lumières des buildings de New York la nuit.

L'appartement a un charme fou. Il est vide. Beau et épuré, grand et sans chaleur. Un appartement de passage, d'homme seul qui vit seul et qui sait qu'il peut être ici aujourd'hui, demain à Moscou ou Addis-Abeba.

– Je te sers un verre de rouge ?

– Oui, avec plaisir.

Il sort de grands verres à vin, élégants et fins. Il a tout ce qu'il faut avoir. Tout est parfait, sans aucune faute de goût. Il manque juste ce tout petit supplément d'âme qui changerait tout.

– Je te laisse faire le tour du propriétaire ? Je sens que tu en meurs d'envie.

– J'ai l'impression d'être sur un immense terrain de jeux. Je regarde cet espace comme un champ en friche et j'ai mille idées, c'est dommage que mon entrepôt soit à dix mille bornes d'ici.

Elle n'a en fait aucune envie de parler boulot. Elle enchaîne les mots pour masquer la timidité de ces derniers instants avant que tout bascule.

Il s'approche, lui tend son verre.

– Il est un peu tard pour bosser, non ?

Elle continue d'arpenter la pièce, regarde par la fenêtre, fait semblant de jeter un œil aux quelques bouquins abandonnés sur les étagères.

– Ok, je vais essayer de faire abstraction. Je pourrais au moins te faire livrer quelques coussins à poser sur le canapé l'air de rien, et un tapis, tu ne veux pas un…

Il colle sa bouche sur la sienne.

– Je t'en supplie, arrête de parler, tu veux bien ? Suis-moi.

Il prend sa main, sort de l'appartement, monte deux

étages, prend un escalier un peu raide, pousse une petite porte en fer.

La ville s'étale devant eux.

– Regarde, regarde comme cette ville est dingue, tout y est plus qu'ailleurs, plus grand, plus fort, plus beau, plus brillant, plus fou, plus tout.

Elle ne dit rien. Elle vit un rêve. Elle a toujours su qu'un jour elle viendrait ici. Combien de fois elle en a rêvé en s'endormant. Il passe ses bras autour d'elle, enfouit sa tête dans le creux de son cou, soulève maladroitement sa robe. Elle s'appuie sur le mur de briques et le laisse entrer en elle en contemplant la ville de tous les possibles.

Il arrive dans la chambre avec un thé fumant.

– Bonjour, bien dormi ?

– Tellement.

– Un thé ?

Elle attrape la tasse.

– Un baiser ?

Elle l'embrasse.

– De quoi rêve ma petite Parisienne aujourd'hui ? Un tour de barque sur le lac, une balade dans Brooklyn, un petit déjeuner sur un banc de Central Park ?

– Je veux une journée new-yorkaise.

Il la trouve touchante. Un peu barrée, mais touchante. Il se glisse contre elle, murmure que la nuit était belle, que leurs corps s'imbriquaient bien ensemble.

Il a peur de s'attacher trop vite à ce feu follet qui va repartir à des milliers de kilomètres. Il veut oublier que rien ne va être simple pour ne vivre que ce moment-là, son sein qui va si bien dans sa main.

– J'ai envie de toi ma douce. Tellement.

De New York ce week-end-là, elle n'a rien vu ou pas grand-chose. Ils sont bien sortis quelques fois pour aller au drugstore d'à côté acheter de quoi se rassasier. Elle se souviendra des draps froissés, des vêtements abandonnés à même le sol dans cet appartement trop grand, de ses mains sur sa peau, de sa petite robe noire en boule dans un coin du canapé. Elle se souviendra qu'à un moment ils ont fait un aller-retour en taxi pour aller chercher son sac qu'elle avait laissé dans sa chambre d'hôtel. Elle a demandé à faire le check-out. L'homme à la réception lui a dit d'un air étonné :

– *You don't sleep here tonight miss ? You already paid for two nights, you know ?*

– *Yes, I know but finally I have another plan.*

Le dimanche soir, elle a tendu son billet au comptoir Air France. Elle s'est dirigée vers la douane. Il ne lâchait pas sa main, comme pour la retenir encore un peu. Elle s'est arrêtée devant la barrière, il ne pouvait pas aller plus loin.

– Dis-moi que tu vas revenir.

– Je vais revenir.

Elle a tendu son passeport à l'immigration, a avancé vers la porte d'embarquement sans se retourner. Elle n'a jamais été très douée pour les au revoir.

Nous sommes le 17 mars 2019.

7

Dès qu'elle n'a pas sa fille, elle s'envole vers lui. Lui fait quelques allers-retours vers Paris quand une crise diplomatique ne le retient pas au bureau jusque tard le soir. Ils jonglent avec les jet-lags pour arriver à se parler, passent des nuits en Facetime, pour avoir le sentiment de s'endormir l'un à côté de l'autre. Elle vit en décalé, calée sur l'heure de là-bas. Ses cernes se creusent. Elle commence à imaginer une vie avec lui et il fait tout pour. Dans sa valise, une fois, elle entasse des coussins, tout et rien qu'elle attrape au magasin pour laisser une trace dans son appartement qui commence petit à petit à avoir l'air habité. Ils prennent quelques habitudes, en oubliant parfois que dans la réalité, des milliers de kilomètres les séparent. Le samedi soir, ils dînent chez des amis à lui qui deviennent petit à petit les siens. Les premières semaines, elle a un mal fou à suivre les conversations, entre la fatigue du décalage horaire et cet accent new-yorkais qu'elle a tant de mal à comprendre. À Paris, elle se met à enchaîner les séries et puis, petit à petit, elle commence à parler plus facilement, à rire en anglais, à rêver en anglais. Il se moque gentiment de son accent so frenchy qu'il trouve à croquer. Ils arpentent les bars underground de Midtown, entrent par des portes dérobées dans des endroits que seuls les gens d'ici connaissent. Elle n'est pas new-yorkaise, mais elle n'est plus tout à fait une touriste et elle aime ça. Les nuits sont courtes, comme si chacune était peut-être la dernière. Il y a dans leur histoire un sentiment d'urgence permanent. Une course perpétuelle contre les moments trop courts, les transatlantiques trop longs, les jet-lags trop crevants, ils plongent à chaque fois dans les quelques heures qu'ils parviennent à voler à leurs vies séparées sans protection, à fond, sans se demander de quoi sera fait le lendemain. Elle aime sa peau, sa façon un peu sauvage de lui faire l'amour, si éloignée de son costume bien coupé et de ses chemises blanches parfaitement repassées.

Quand le vendredi elle pose la valise sur son lit en arrivant de l'aéroport, à chaque fois, il lui dit :

– Allez vas-y, qu'est-ce que tu as encore apporté ? Ça va devenir un vrai appartement de gonzesse si tu continues comme ça, il ne manquera que toi.

– Mais rien, rassure-toi, j'ai juste pris un édredon, je me suis dit qu'il irait bien sur ton lit, une théière avec des mugs pour mon thé et des planches apéro. J'avais peur d'exploser la limite des vingt-sept kilos et de me prendre un surplus bagage mais c'est passé !

– T'es une grande malade.
– J'adore ta façon de me remercier...

Il devait être un peu plus de vingt heures à Paris, quatorze heures à New York.
– Tu m'entends ?
– Oui chéri, très bien. Tout va bien ?
– Je voulais juste te dire que tu me manques.
– Toi aussi tu me manques.
– Mais je voulais te dire aussi que tu n'allais pas me manquer longtemps... J'arrive demain.
– Vraiment ? Oh, c'est tellement bon de t'imaginer dans mes bras demain soir. Mais ce n'était pas prévu, qu'est-ce qui se passe ? Rien de grave ? Tu restes combien de temps ?
– À peine plus de vingt-quatre heures, je dois repartir jeudi matin, j'ai une réunion à l'ONU jeudi après-midi que je ne peux pas rater.
– C'est tout ? Ok ok, c'est déjà ça. Comment ça se fait que tu fasses un aller-retour aussi court ?
– Je suis convoqué au Quai d'Orsay.
– Ah bon ? Comme ça, du jour au lendemain ? Tu sais ce qu'ils te veulent ?
– Aucune idée, ils m'ont juste dit que c'était urgent.
– Mais rien de grave ? Tu n'es pas inquiet ?
– Non pas du tout, ne t'inquiète pas. J'en saurai plus demain. Je vais directement au ministère en arrivant, et je te rejoins chez toi dès que j'ai terminé.

– D'accord chéri. J'ai tellement hâte.

– Moi aussi ma douce, je ne rêve que de te respirer.

– De me respirer ? C'est tout ?

– *You're fishing for compliments*. Tu sais très bien de quoi je rêve.

– Oui, je sais. Bon vol mon cœur. Profites-en pour rêver de nous.

– Je pars avec une pile de dossiers, on est complètement sous l'eau, ça craque dans tous les coins du globe en ce moment, et la diplomatie Trump ne nous facilite pas les choses, ce mec est imprévisible, on passe notre temps à colmater les brèches.

– Essaye quand même de te reposer un peu. Bon vol my love.

– À demain ma chérie.

Ils ne se sont pas encore dit « Je t'aime ». Mais ils commencent à y penser.

Le lendemain, il a sonné chez elle. Elle a ouvert la porte, son cœur battait un peu plus vite que d'habitude, elle avait un grand sourire aux lèvres. Elle a vu son visage fermé et elle a su tout de suite que quelque chose n'allait pas. Il est entré, elle a refermé la porte derrière lui, elle l'a pris dans ses bras, il ne parlait toujours pas. Il a enfoui sa tête dans son cou comme il avait l'habitude de le faire et il a murmuré :

– Je t'aime. Et je suis muté à Shanghai.

Nous sommes le 10 septembre 2019.

8

Il a repris l'avion pour New York le jeudi matin. Elle ne l'a pas accompagné à l'aéroport. Elle n'a jamais été très douée pour les au revoir. Encore moins pour les adieux.

Ils se sont appelés quelques fois, écrit quelques mots. Mais ils savaient que ce n'étaient que les derniers soubresauts d'une histoire dont ils ne sauraient jamais vraiment la fin.

Elle ne partirait pas le rejoindre là-bas.

Lui se souviendra qu'une fois, il y a longtemps, quand il était plus jeune, une femme a pris un avion de Paris à New York pour dîner avec lui.

Dans son téléphone, elle gardera longtemps une photo. Ils sont sur une barque à Central Park, il fait beau. Il porte une chemise blanche, il a les manches retroussées. Il tient les rames. Elle, elle est assise à l'avant. Elle sourit à l'objectif. Ils ont l'air heureux. Ils ont failli s'aimer.

Nous sommes le 12 septembre 2019.

9

Elle a quarante-six ans. Elle porte toujours une fine alliance en diamant à l'annulaire de la main gauche. Elle n'est toujours pas mariée. Elle ne compte plus les fois où elle s'est dit qu'il allait falloir de nouveau aller de l'avant. Passer à autre chose, s'autopersuader que ce n'était donc pas encore le bon. Elle savait où étaient ses béquilles, ses essentiels. Sa fille, son job, ses amis. La boutique venait de passer le million d'euros de chiffre d'affaires. C'était un joli succès. Elle se demandait juste ce qu'elle allait faire de tout ça.

– Tu sais très bien que je ne crois pas au hasard. Il n'y a pas de hasard. Cette histoire, je ne l'ai pas vécue pour rien, j'en suis persuadée. Ok, on ne se mariera pas, on ne vivra pas heureux avec beaucoup d'enfants, mais j'ai passé beaucoup de temps là-bas ces derniers mois, j'ai enchaîné les allers-retours. J'y allais pour lui bien sûr, mais à chaque fois, il y avait autre chose. J'avais cette impatience comme si j'avais rendez-vous avec la ville. Tu trouves ça stupide, hein ?

– Tu as toujours aimé les histoires impossibles, tu veux vivre dans une comédie romantique.

– Mais toi non plus tu ne veux pas d'une histoire banale. Tu vas applaudir ton mec qui joue sur la scène du Bataclan devant mille cinq cents personnes en délire, tu ne l'aimes pas pour ça mais tu l'aimes aussi pour ça. S'il était directeur du service informatique d'une SSII, tu ne vibrerais peut-être pas de la même façon en le regardant. Cela ne veut pas dire que tu serais moins heureuse, cela veut juste dire que nous sommes des emmerdeuses.

– Tu as des nouvelles ?

– Pour nous dire quoi ? Il n'y a plus rien à dire. Lui comme moi, on sait qu'il n'y a plus rien à dire. Je ne partirai pas vivre à Shanghai. Les allers-retours avec New York étaient déjà épuisants, mais alors la Chine pour le week-end, autant te dire que ce n'est pas envisageable un seul instant.

– Tu es triste ?

– Un peu. Il faut que j'avance pour ne pas avoir le temps de l'être. J'ai quarante-six ans, ma boîte cartonne. Je pourrais ouvrir à Nantes, Lyon ou Lille, avoir un entrepôt de mille mètres carrés porte d'Aubervilliers. Je m'en fous de tout ça, tu le sais que je m'en fous. Je ne veux pas diriger une multinationale. Je ne veux pas avoir des salariés comme s'il en pleuvait. Je ne veux pas que l'on me reconnaisse dans la rue. Je ne veux pas être célèbre. Je ne veux pas de sacs Hermès ou Gucci ou je ne sais quoi. Je ne veux pas plus de fric. Je ne veux rien de tout cela. Je veux juste vibrer, la routine me fait crever, savoir aujourd'hui ce que je ferai dans dix ans aussi. J'ai besoin de prendre de l'émotion dans la gueule pour sentir que je suis vivante. Alors je pleure, j'encaisse, je surréagis et je m'en fous. Je rêve qu'un jour, Patrick Bruel passe devant moi au petit déjeuner et me demande s'il peut s'asseoir prendre un thé même si je sais que cela n'arrivera jamais. Je rêve qu'un homme me dise « Je veux que tu sois ma femme » et quand je la rêve cette scène, je suis plus souvent dans le désert d'Agafay qu'à la salle des fêtes du coin, même si c'est con parce que ça peut aussi être beau à la salle des fêtes du coin alors qu'à Marrakech c'est surfait mais on ne se refait pas, tu ne crois pas ? C'est grave de rêver grand ?

– Non. Mais tu ne viendras pas me dire que tu as mal au ventre tellement tu es stressée, c'est tout. Bon, tu veux en venir où concrètement ? Parce que je te connais, tu as ta tête de quand tu as une idée derrière la tête.

– Je vais ouvrir une boutique à New York. Je l'ai toujours dit. Mais là, je vais le faire. J'ai la date. En septembre 2023. Maintenant que j'ai la date, il n'y a plus qu'à le faire.

– Tu sais que ça va te coûter un bras, tu le sais ? Mais je suis sûre que tu vas y arriver, fonce copine.

Elle ouvre son ordinateur, sort un bout de papier de

son sac sur lequel elle a noté une adresse mail qu'on lui a donnée un jour et qu'elle avait précieusement gardée.

« Chère Madame,
Plusieurs personnes m'ont fortement conseillé de prendre contact avec vous. J'ai créé il y a trois ans une boutique de décoration à Paris, à Montmartre d'abord, puis à Pigalle depuis l'an dernier. Nous avons également un site Internet de vente en ligne que vous pouvez consulter si vous voulez avoir une idée de notre univers. La société enregistre un taux de croissance de 50 % annuel, ce qui est une belle performance compte tenu du contexte économique actuel.
Vivre à New-York est pour moi un rêve de môme, je n'ai jamais pensé sérieusement le faire un jour, mais depuis la création de M., cela ne me paraît plus si impossible que cela. La société est aujourd'hui suffisamment solide pour supporter un développement à l'international. J'envisage de partir m'installer aux États-Unis pour un an dans un premier temps, afin de réaliser une étude de marché, faire un état des lieux de la concurrence, mais aussi pour repérer les quartiers les plus à même de voir s'ouvrir une activité comme la nôtre. Si cette première année se révèle concluante, je souhaiterais ouvrir une boutique dans New York,

sans doute du côté de l'Upper East Side. Je sais que les loyers y sont élevés mais cela me paraît essentiel d'être proche de notre clientèle potentielle.
Je cherche donc à lancer une procédure de demande de visa pour ma fille et pour moi-même. Je sais que c'est un processus long et coûteux, et que le résultat est incertain. Pourrions-nous caler un premier échange via Facetime si vous en êtes d'accord afin que nous échangions de vive voix sur ce sujet ? En vous remerciant par avance de votre retour, je vous souhaite une belle journée. »

Elle signe. Et elle clique sur le bouton « Envoyer ».

Nous sommes le 2 octobre 2019.

10

La boutique est pleine à craquer. Il est pourtant presque treize heures, le moment où les Parisiens désertent les magasins pour aller déjeuner.

– Vous avez une photo de votre salon ?

– Oui bien sûr, je vous l'ai apportée justement. Je ne sais vraiment pas ce qui pourrait aller avec ce canapé en cuir, c'est compliqué. Finalement le gris n'est pas si simple que cela à assortir.

– Soit vous tranchez vraiment et vous prenez de la couleur, du jaune safran par exemple, et vous allez avoir un côté moderne, très déco ; soit vous partez sur des teintes naturelles, du lin, du blanc, de l'osier, et vous aurez une ambiance beaucoup plus chaleureuse, beaucoup plus douce.

Elle lève les yeux. Il vient d'entrer.

– Vous m'excusez une seconde ?

– Oui bien sûr.

Elle passe dans la réserve. Ouvre son sac nerveusement. Attrape sa poudre, son pinceau, du fard à joues.

Trouve son parfum au fond. En fait glisser quelques gouttes dans le creux de son cou. Se dit que c'est ridicule parce qu'elle va empester le parfum et que personne ne sent le parfum à treize heures. Se dit que c'est trop tard parce qu'elle ne peut plus l'enlever. Frotte sa nuque avec du Sopalin pour essayer d'estomper. C'est pire. Avale un Tic-Tac à la menthe qui traîne au fond de la poche de son jean depuis une éternité. Se dit qu'elle aurait dû se mettre en jupe. Respire profondément pour essayer de calmer son pouls qui est en train de s'emballer. Se dit que c'est l'effet du parfum. Avale son Tic-Tac de travers. Se regarde dans le miroir des toilettes. Détache ses cheveux. Essaye de les coiffer avec ses doigts pour avoir un truc genre coiffé-décoiffé. Abandonne l'idée parce que ça fait clairement plus décoiffé que coiffé. Prend un coussin au hasard sur une étagère qui ne va pas du tout avec un canapé gris. Revient.

– J'avais pensé à celui-ci mais en fait je crois que ce n'est pas une bonne idée, cela n'ira pas avec un canapé gris…

Il n'a pas bougé. Il est toujours dans l'entrée. Il tient dans ses bras un bouquet de fleurs démesuré. Elle se dit que ce n'est peut-être pas pour elle. Il ne la regarde pas. Il ne regarde rien. Il respire profondément pour essayer de calmer son pouls qui est en train de s'emballer. Elle continue de faire comme si de rien n'était. Il descend les trois marches de l'escalier en pierre qui est au milieu du magasin. Elle croise son regard. Il sourit. Elle aussi.

Une heure plus tard, il repart du magasin avec son grand miroir entre les mains.

En une heure, il a eu le temps de lui glisser qu'il n'était plus avec la jolie blonde avec qui il était venu quelques mois auparavant. Que non, il n'y a pas de nouvelle femme dans sa vie. Que oui, il aurait dû la rappeler quand elle lui a envoyé un message au printemps pour lui demander comment il allait. Qu'il avait très envie d'acheter un riad à Marrakech. Qu'elle pourrait peut-être le conseiller si elle avait un peu de temps. Il avait eu le temps, aussi, de lui demander comment allait l'homme avec qui elle était quand il l'avait croisée par hasard l'année d'avant au Café des épices, en plein cœur de la médina. Elle lui avait dit qu'elle ne voyait pas de qui il parlait, ah oui, non c'était terminé depuis longtemps. Rien d'important finalement.

Une heure plus tard, il repart du magasin avec son grand miroir. Elle lui demande s'il est en voiture parce que, entre le grand miroir et le bouquet de fleurs démesuré, il ne va pas pouvoir tout porter. Il ne répond pas. Il regarde elle ne sait plus très bien quoi, le sol, le mur, le plafond, tout sauf elle quoi. Il tend le bouquet de fleurs démesuré devant lui et il murmure en la regardant enfin dans les yeux : « Les fleurs, c'est pour vous en fait. »

Il part avec son miroir. Elle reste là, le magasin est

plein à craquer. Elle le regarde partir. Il ne se retourne pas. Il se fraye un chemin. Sort. Tourne à droite.

Il n'est plus là. Elle sait que cette fois-ci, elle ne peut pas le laisser partir comme ça.

– Excusez-moi, est-ce que vous avez encore des lampes à huile rondes striées en petit modèle ?

– Oui bien sûr, je vais vous chercher ça.

Elle part dans la réserve du magasin. Son pouls n'est toujours pas redescendu. Elle non plus.

À quinze heures trente elle envoie :

« Vous allez trouver ça saugrenu, c'était une bouffée d'air frais de vous voir. J'ai une bouteille de champagne et un bloc de fois gras au frais, ma meilleure amie devait venir dîner mais finalement elle ne peut pas. Si vous voulez discuter de votre projet à Marrakech ce soir ou demain sous les toits de Pigalle, ce sera un plaisir. J'espère que vous ne trouverez pas ces mots déplacés mais ça me fait rêver de passer une soirée à rire et à boire du champagne. Merci pour les fleurs. »

À seize heures trois, il répond :

« Merci pour ce message. Merci pour ces mots. Pour être honnête avec vous, j'ai aussi partagé cette sensation de bouffée d'air frais. Avec plaisir ce soir ou demain, comme vous voulez, le plus simple pour vous. Ravi que les fleurs vous plaisent. »

Elle envoie l'adresse.

« J'apporte à boire, vous avez besoin d'autre chose ? »

« Du pain. »

Il est dans son bain. Il ne veut pas arriver sans ce qu'elle lui a demandé. Il enfile ce qui lui tombe sous la main et fonce chercher son pain. À l'arrière du taxi qui le conduit vers cette destination inconnue où il n'aurait pas imaginé aller trois heures auparavant, il se dit que la vie est surprenante. Le visage éclairé par les lumières de Noël, il traverse Paris, il aime cette meilleure amie qui l'a plantée pour le dîner. Lui, de nature si timide, ne comprend pas cette force qui le pousse à foncer vers l'inconnu.

Il est en bas de chez elle depuis cinq minutes. Il n'ose pas monter. Il se lance, tape le code. La porte ne s'ouvre pas. Il regarde au-dessus de la porte cochère. Il est au numéro 6, elle habite au 8. Il fait quelques pas, arrive au bon endroit, tape le code, pousse le battant, et commence lentement à monter les escaliers avec sa bouteille de vin et son pain.

Nous sommes le 19 décembre 2019.

11

La buée se transforme en toutes petites gouttes qui restent collées sur la grande verrière qui donne sur les toits de Paris. L'eau finit par s'écouler le long de la vitre jusqu'au parquet. Il fait froid dehors, il fait chaud dedans. Ils ont terminé la première bouteille de vin vers minuit. Il doit être trois heures du matin, peut-être un peu moins. Il passe la main dans ses cheveux et plaque sa bouche sur la sienne. Elle glisse sa main sous son pull marin, sent sa peau. Il mord ses lèvres avidement comme s'il n'avait embrassé personne depuis très longtemps. Il n'a embrassé personne depuis très longtemps.

Elle part travailler. Elle n'a pas beaucoup dormi. Il fait beau sur Paris. Lui rentre à pied. Il traverse la ville. Il pense à elle. Il ne réalise pas complètement ce qui vient de lui tomber dessus. Ça fait des années qu'il attend ça, que quelque chose lui tombe dessus. Des années qu'il espère rencontrer enfin une femme qui lui fera oublier celle d'avant. Il l'a laissée devant sa boutique il y a à peine une heure et il a déjà envie de faire demi-tour et de la retrouver. Son portable vibre, il est en train de marcher sur le pont Alexandre-III.

– Hello chéri, tu as pu récupérer mon miroir ?

– Oui, je te le dépose demain.

– On déjeune ensemble ?

– On avait dit qu'on arrêtait de se voir. Putain, tu as choisi de retourner avec ton mari, alors viens pas me faire chier en me proposant de déjeuner. Ça fait vingt ans que je t'attends, c'est pas assez vingt ans ? Je ne me suis pas marié, je n'ai pas fait de mômes, je ne sais même pas ce que c'est de partir en vacances avec la nana que j'aime sans avoir à me cacher, vingt ans que je ne sais rien et que je ne vis rien, que je ne fais rien parce que je t'aime et que je t'attends, tu ne crois pas que c'est assez ? Alors cette fois, c'est terminé, je te dépose ton miroir demain, et on arrête tout. Il est temps, tu ne crois pas ?

– Qu'est-ce qui te prend ?

– Rien. Ça fait juste vingt ans que je n'ai pas de vie parce que toi, tu en as deux. Et j'en ai plein le cul. À demain.

Il raccroche. Un message s'affiche :

« Je suis en train de marcher dans la rue en regardant ta photo et je vais me prendre un poteau. »

Il sourit. Il ne s'est pas senti aussi vivant depuis si longtemps. Il se demande même si ce n'est pas la première fois qu'il se sent vraiment vivant finalement.

Nous sommes le 20 décembre 2019.

Il l'accompagne à la gare. Il l'embrasse comme s'il n'allait jamais la revoir. Il enfouit son visage dans son cou et, tout près de son oreille, il murmure « Je t'aime ».

Cela fait quatre jours qu'ils sont ensemble. C'est n'importe quoi. Et elle le croit.

Dans le train, elle fait défiler sur son écran leur conversation :

« Je viens de relire nos messages. J'écoute la chanson de Grand Corps Malade. Cette chanson est dingue. Notre histoire est dingue. Je t'interdis d'envoyer des sms en conduisant. Tu entends ? Je veux te garder longtemps. »

Il répond :

« Il est assis à son bureau, celui dans lequel il a travaillé tant d'années. Il regarde cette entreprise qu'il va définitivement quitter, qui l'a habité nuit et jour depuis vingt ans.

Il était depuis des semaines miné par le doute : avait-il bien fait de la vendre ? Aujourd'hui, il sait que oui.

En un week-end tout vient de basculer.
Il pense à elle.
Sa vie n'est plus là. »

Elle sort du train.

– Ça va ma chérie ?

– Oui maman, et toi ? C'est joli tes cheveux comme ça.

Sa mère la regarde.

– Vas-y je te connais par cœur, il s'appelle comment ?

Elle reçoit :

« *Demain c'est Noël, il est seul pour le réveillon mais il s'en fout. Il n'est plus seul, c'est certainement le Noël de sa vie où il se sentira le plus entouré. Elle est là. Elle est partout. Dans ses pensées, dans sa respiration, dans ses palpitations, dans ses yeux, dans sa tête, mais surtout au plus profond de son cœur. Il savait qu'un jour sa vie basculerait, ses rêves qu'il n'a jamais voulu étouffer sont en train de devenir réalité. Elle est là. Demain ne sera plus jamais pareil, et il le sait.* »

Elle envoie :

« *Demain c'est Noël pour la terre entière, sauf pour elle. Pour elle, le réveillon de Noël est le 25. Un jour après tout le monde. Parce que Noël ne peut être sans lui. Parce que plus rien ne peut être sans lui.*

Parce que sans lui tout est devenu fade. Sans saveur. Elle le connaît depuis des mois, elle l'a toujours eu dans un coin de sa tête. Elle savait. Elle n'avait jamais vraiment su si ça arriverait mais elle savait que si un jour il se décidait à venir la chercher elle ne dirait pas non. Elle ne savait rien de lui. Juste qu'elle dirait oui.

Elle reçoit :

« Je veux passer ma vie avec toi. »

Elle lui envoie une photo de New York.

« Chez nous dans trois ans. »

Quelques jours plus tard, il la dépose avec sa fille à l'aéroport de Roissy-Charles-de-Gaulle, devant le terminal E. Elle part une semaine en vacances. Sans lui.

– Mais pourquoi tu ne viens pas avec nous ? Il fait 35 degrés, la mer est sublime, on a deux chambres.

– Je ne peux pas partir comme ça, j'ai des trucs à régler à Toulouse, c'est ma dernière semaine dans la boîte, il faut que je déménage mon bureau, que je dise au revoir à tout le monde, je ne peux pas me barrer comme ça.

– Mais tu feras tout ça début janvier, tu n'es pas à une semaine près. Je n'ai tellement pas envie de partir sans toi.

– Moi non plus mon amour je n'ai pas envie que

tu partes sans moi. C'est les dernières vacances que tu passes sans moi, je te le promets.

Elle tend son billet d'avion à l'agent de sécurité qui est à l'entrée. Les portes automatiques tournent. Elle prend la main de sa fille et s'engouffre dans le hall à la recherche du comptoir d'enregistrement. Il les regarde s'éloigner derrière les grandes baies vitrées de Roissy, remonte dans sa voiture et ses yeux s'embuent. Il se sent vide, tellement vide, quand elle n'est pas là.

Son portable sonne.

– Il faut que l'on se voie. On ne peut pas se quitter comme ça au bout de vingt ans, arrêter de se voir, arrêter de se parler, arrêter de s'écrire d'un coup. C'est trop dur. Je ne peux pas vivre sans toi, tu sais que je ne peux pas vivre sans toi bordel, rappelle-moi.

Il ne rappelle pas. Il s'est juré qu'il ne rappellerait plus. Qu'à partir de maintenant, il regarderait devant. Elle est l'avenir, l'autre le passé. Il ne veut plus replonger, plus y retourner, plus croire à ses promesses qui n'engagent qu'elle mais qui le tiennent lui pieds et poings liés depuis des années. Ne plus être l'amant, jamais, celui que l'on cache, celui que l'on tait, celui que l'on aime passionnément le temps d'un instant mais qu'on laisse seul le soir du jour de l'An. Il s'est juré de ne pas rappeler. Vingt ans, c'est assez, non ? Ils ont été au bout du chemin, ils ont tout essayé, elle a même débarqué un jour chez lui ses quatre mômes sous le bras en lui disant voilà, j'ai quitté mon mari, on vient s'installer ici. Elle est repartie comme elle était venue avec ses quatre enfants sous le bras pas longtemps après. Il ne sait même pas s'il y en a un de lui. Il ne veut pas savoir. Ce qu'il veut maintenant, c'est oublier ces vingt ans à l'aimer pour être libre d'en aimer enfin une autre.

Il met son portable sur silencieux.

Huit jours plus tard, il vient les chercher, devant ces mêmes portes de l'aérogare 2E. Cette semaine a été interminable. Il ne peut plus vivre sans elle. En quelques semaines, depuis ce samedi midi où il est passé chercher un grand miroir noir, il ne peut plus se passer d'elle. Elle adoucit ses blessures, rassure son avenir, le réconcilie avec la vie. Elle incarne les lendemains heureux, cet idéal banal dont il a tant été privé, ce vide qu'il a cru combler en se noyant dans le boulot. La réalité d'un coup lui explose à la gueule. Il la regarde vivre et il se dit que ça veut donc dire ça. Tout avec elle lui paraît irréel, marcher dans la rue un dimanche après-midi en se tenant la main, ouvrir une bouteille de vin avant de dîner en regardant les infos à la télé, parcourir les annonces d'appartements à louer sur seloger.com, le site des changements de vie. Vingt ans qu'il attend lui aussi d'avoir droit à une vie normale mais qui lui semble, à lui, tellement extraordinaire.

– On descend chez le primeur acheter des pommes pour faire une compote ?

– Si tu veux mon amour.

Il est là comme un con à avoir les larmes aux yeux parce qu'il n'est jamais descendu chez un primeur avec sa nana pour acheter des pommes pour faire une compote. À deux. Il ne la laissera plus jamais partir. Il passe la nuit dans ses bras.

– Je t'aime je crois.

– Je t'aime tout court.

Elle remonte la couette sur eux.

– On est indécemment bien.

Nous sommes le dimanche 3 janvier 2020.

12

Il a passé la nuit à la toucher. À la caresser. La nuit en elle. À un moment il a posé la main sur son cou et il a plongé dans ses yeux avec une étrange intensité. Elle lui a dit « Arrête, tu me fais mal, je ne peux plus respirer ». Il a relâché la pression mais elle a cru voir juste un instant la violence de la blessure à peine cachée de l'amour contrarié.

Quand elle s'est réveillée, il dormait de son côté, le dos tourné, recroquevillé. Elle s'est collée contre lui et l'a pris dans ses bras.

Il n'a pas bougé.

Au bout d'un moment, il s'est levé et s'est habillé sans dire un mot. Elle lui a demandé s'il voulait prendre une douche avant de partir, il lui a répondu qu'il préférait la prendre chez lui. Il l'a embrassée avec un sourire, il a dit « Je me fais juste un café et je file. Reste au lit, profite ma chérie ». Et il est parti. Elle a trouvé qu'il partait un peu précipitamment. Il avait une réunion importante à Toulouse.

Plus tard dans l'après-midi, elle n'avait toujours pas de nouvelles. Elle lui a envoyé un message en lui disant qu'elle l'avait trouvé un peu lointain ce matin, comme s'il était là sans vraiment être là. Elle lui a demandé s'il allait bien.

Il lui a juste répondu : « C'est exactement ça. J'étais là sans être là. » Rien d'autre.

Elle ne l'a jamais revu.

Pendant de longues semaines, elle lui a écrit. D'abord pour qu'il revienne. Ensuite pour qu'elle comprenne. Il n'a jamais répondu.

Plus tard, elle a appris que les jeunes d'aujourd'hui appellent cela « ghoster ». Cela viendrait du mot anglais, le fantôme. Quand on lui en a parlé, elle a cru que c'était un truc inventé. Alors elle a cherché sur Google et elle a trouvé une définition : « Ghoster quelqu'un – faire disparaître quelqu'un de sa vie sans la moindre explication pour éviter la confrontation. »

Elle a même trouvé un article dans *Les Inrocks*. Aux États-Unis, le ghosting a fait l'objet d'une première étude sociologique en 2014. Elle révèle que 11 % des personnes interrogées ont déjà ghosté leur partenaire. Le journaliste explique : « On ghoste d'abord pour s'éviter une discussion trop sérieuse, pour ne pas avoir à se justifier. »

Elle ne pleure pas. Elle a déjà trop pleuré.

Nous sommes le lundi 4 janvier 2020.

13

Elle a une place réservée sur le vol AF 456 qui décolle à huit heures quarante du terminal E de l'aéroport Roissy-Charles-de-Gaulle. Le jour se lève à peine sur l'A1. Il est six heures, elle n'a pas très bien dormi. Elle ne dort jamais très bien quand elle a un vol qui part tôt le matin.

– Voici votre valise, vous n'avez rien oublié sur la banquette arrière mademoiselle ?

– Non, merci beaucoup.

– Merci à vous, et bon voyage mademoiselle.

Elle traverse l'aérogare. Une larme coule le long de sa joue. Elle fait semblant de ne pas la sentir, la balaye d'un revers de manche.

Elle arrive au comptoir d'enregistrement Air France, tend son passeport, pose sa valise sur le tapis. 19,2 kilos. Elle a été raisonnable.

– Vous souhaitez un couloir ou un hublot mademoiselle ?

– Un hublot merci.

– J'ai le siège 8A de disponible. Cela vous convient ?

Elle répond que oui, 8A, c'est parfait.

L'hôtesse lui tend sa carte d'embarquement. Elle la prend, attrape son sac.

– Mesdames et messieurs, nous allons débuter l'embarquement du vol Air France 456 à destination de New York-JFK en porte B6. L'embarquement débutera par les sièges situés de la rangée 1 à la rangée 10, de la rangée 1 à 10. Merci de vous présenter auprès de notre personnel au sol en présentant votre carte d'embarquement et votre passeport. Air France vous souhaite un très agréable voyage en notre compagnie.

Elle passe au Relay, prend quelques magazines, un roman posé près de la caisse, une bouteille d'eau, une tablette de chocolat noir aux amandes et part vers la porte B6. Un rayon de soleil traverse l'aérogare.

Son téléphone vibre.

– Bonjour Géraldine, je vous attendrai comme convenu dans le hall de votre hôtel demain matin à dix heures. J'espère que vous êtes en forme, j'ai calé une dizaine de visites dans la journée. La moitié sont des boutiques assez classiques, les autres des locaux commerciaux un peu atypiques. Je me suis dit que cela pourrait aussi vous plaire. Alors mettez des baskets, on va marcher. Bon vol !

Elle sourit.

Remerciements

Je voulais vous dire merci…

À Anne, mon amie. De me lire toujours la première, et d'être là, toujours, sans faillir.

À Sabine & Marine. D'avoir veillé sur mon autre vie pour que j'aie le temps de vivre celle-ci.

À J.P. D'être le premier à avoir su qu'un jour j'écrirais. Peut-être même avant moi.

À toutes celles et tous ceux qui ont aimé le premier. Sans qui le deuxième n'aurait jamais existé.

À toutes celles et tous ceux que je ne connais pas et qui chaque jour me poussent, me portent, m'encouragent, me soutiennent, m'envoient de l'amour sans rien attendre en retour. Parce qu'ils ne le savent peut-être pas, mais ils sont une force inestimable.

À mon éditeur, pour sa confiance et sa patience.

À la musique. Parce que sans musique, il n'y a pas de mots qui coulent sur un clavier pour prendre corps, page après page, jusqu'à devenir un jour une histoire.

DU MÊME AUTEUR

ON NE MEURT PAS D'AMOUR, Éditions Plon, 2019 ; Pocket, 2020. Prix du Premier Roman 2019.

Composition Nord Compo
Impression CPI Bussière en septembre 2021
Éditions Albin Michel
22, rue Huyghens, 75014 Paris
www.albin-michel.fr
ISBN : 978-2-226-45243-6
N° d'édition : 24084/02 – N° d'impression : 2060605
Dépôt légal : octobre 2021
Imprimé en France